KB024546

최기복 칼럼집

빛은 꺾이지 않는다

세상은 요동을 치고 삶은 각박해져 간다

| 최기복 칼럼집 |

빛은
꺾이지
않는다

한누리미디어

머리말

주관적 공분이 객관적 공감을 얻기를 기대하고 글을 쓴 것은 아니지만 나의 칼럼에 보내주신 독자층의 긍정적인 반응은 10년을 넘게 이어져 왔다. 일간지와 주간지를 가리지 않고 써 오면서 대우다운 대우를 받아온 기억은 없다.

그러나 세상은 요동을 치고 삶은 각박해져 간다. 이웃은 너무 먼 거리가 되었고, 친인척도 이용의 도구로 전락되어 간다. 부모 자식 간의 소통도 칸막이를 쳐 간다. 위선은 삶의 도구가 되었고 거짓말은 일상화가 되어 간다. 이제 '정반합'(正反合)의 논리조차도 자의적 해석을 통하여 착점을 잃어버린 현실에서 글을 쓴다는 일이 어리석은 일로 치부되기도 한다. 그래도 하던 일을 멈출 수는 없다는 이유로 글을 쓸 것이다. 자유의지에 의하여 쓰인 글이기에 이해집단과의 반목도 예상될 수 있다. 실제로 필화사건에 연루되어 힘든 시간도 있었다. 눈을 감고 귀를 막으며 입마저 닫아 버린다면 사람 사는 것이라 말할 수 있을까?

논픽션의 기조하에 스스로의 감정에 취해 객관적 공감보다 주관적 감성의 노예가 될 수도 있다. 그래서 컴퓨터가 만든 문명의 이기 중 하나, 카페지기가 스스로 만든 카페에 글을 탑재하고 선택한 언론사는 입맛에 맞는 글을 퍼 옮겨 탑재하도록 했다.

충청효교육원 원장으로서 '효가 살아야 나라가 산다' 라고 주창했다. 사) 충청창의인성교육원 이사장으로서 스승과 제자 간에 참교육이 고갈되고 기울어진 운동장을 향하여 '인성이란 선지향적 회귀본성' 이라고 역설했다. '충청의 소리'(You tube)를 통하여 목이 터지도록 영호남의 시녀 노릇에서 과감하게 돌아서고 핫바지의 오명을 벗어버리자고 외쳤다.

새시대노인회 충청 총회장으로서 21세기 첨단 IT시대의 MZ세대에게 북극성이 되는 좋은 어른이 되어야 한다고 외쳤다. 포럼 '동심동행'(同心同行)을 통하여 좌표를 잃고 흔들리는 시대를 향하여 탄탄한 길을 열어주고자 고군분투하였다.

순수문예지 '덕향문학' 발행인으로서 인간사가 곧 문학사요 덕향문학의 순수한 시심이 우후죽순 격으로 올라가는 고층건물들, 부실화로 사람들의 가슴을 철렁하게 하는 사실들이 눈살을 찌푸리게 하는 현실을 정화할 수 있다고 굳게 믿고 세상과 사람을 향하여 구애의 손짓을 멈추지 못하고 있다.

칼럼집《빛은 꺾이지 않는다》는 필자가 걸어온 여정의 족적이라 할 수 있다. 언론사에 기고했던, 그 흩어져 있던 원고들을 모아 정성스럽게 엮어서 소중한 역사를 만들어 준 한누리미디어 김재엽 대표님께 감사 드린다. 중구난방, 정제되지 않은 글들이 주제별이든, 연보별이든 정리되어 기록되기를 염원하였다. 맞춤법, 띄어쓰기 또한 미흡하기도 하고 옮겨놓는 작업도 힘들어져 '덕향문학' 김인회 편집국장님께 일임하였다.

늙은 스승을 향한 신의로 오롯이 편집을 감내하는 편집국장님, 머리를 들 수 없으리만치 감사가 넘친다. 빚진 자의 마음으로 열심히 글을 쓰겠다고 다짐한다. 멈출 수 없는 길이다. 내가 사는 이유이다.

싱그러운 오월, 눈이 부신 날

2022년 5월 우거에서 薄根 **최 기 복**

Contents

충효의 고장 충청도

Contents

사람과 사람 사이에서 내가 사는 이유

정치란 무엇인가?

대한민국의 국체(國體)는 공화국이고
정체(政體)는 민주다
대한민국은 민주공화국이다
헌법 제1조다
모르는 사람 없을 것 같아도 모르는 사람 참 많다
혹자는 말한다
헌법 몰라도 사는 데 지장이 없다고
혹자는 말한다
그런 것은 정치하는 사람들이나 알면 되지
우리가 알면 무엇 하냐고.

1

대한민국은
민주공화국이다

  대한민국은 민주공화국이다. 헌법 제1조다. 모르는 사람 없을 것 같아도 모르는 사람 참 많다. 혹자는 말한다. 헌법 몰라도 사는 데 지장이 없다고. 혹자는 말한다. 그런 것은 정치하는 사람들이나 알면 되지 우리가 알면 무엇하냐고.

  정치를 모르고 법을 모르고 사는 사람이 어쩌면 행복하게 사는 사람들이라고 말하기도 한다. 알려 하지도 않고 배우려 하지도 않는다.

  사람에게 성명이 있듯이 나라에도 이름이 있다. 우리나라의 이름은 대한민국이다. 대한민국의 정치체제(政體)는 민주이고 국가체제(國體)는 공화국이다. 그리고 그냥 민주가 아니고 자유민주주의 체제이며 시장경제를 기틀로 한다.

  혁명이라는 이름으로 체제가 전복되고 파탄이 나도 변해서도 안 되고 변할 수도 없는 것이 대한민국은 민주공화국이라는 것이다. 여기에 반기를 들거나 변질된 이념으로 이를 바꾸려는 자나 세력은 반역자이고 국가전복 세력이다. 지금 대한민국이 지향하는 국가 목적 또한 헌법 제1조에 함축되어 있음을 국민 모두가 알아야 할 절대적인 것이다.

필자의 개인적인 생각이기를 바라지만 문재인 정권의 실체는 종북정권이거나 친북정권으로 치부할 수밖에 없다. 친북이거나 종북정권이라는 이유만으로 이념까지 완전히 물들어 있다는 것은 아닐 수 있다.

평화를 운운하고 통일을 지향한다는 등의 대외적 세리프를 이용하여 양두구육의 허허실실 전법으로 우리의 정체성 변질을 유도하고 있음이 느껴진다. 다시 말하면 반역을 획책하는 문재인, 문재인을 추종하는 반역집단으로 변질되어간다는 의구심을 버릴 수 없다.

북한의 헌법도 조선인민민주주의를 표방한다. 그들은 조선민주주의인민공화국 사회주의 헌법이라고 부른다. 헌법 제1조는 우리나라는 조선민주주의인민공화국이다. 제2조 조선민주주의인민공화국의 주권은 인민에게 있다. 주권은 인민이 최고주권기관인 최고인민회의와 지방주권기관인 인민위원회를 근거로 하여 행사한다.

우리의 국호는 대한민국이고 그들의 국호는 조선민주주의인민공화국이다. 대한민국의 헌법체계와 다른 것은 거의 없다. 대한민국 헌법 제1조 2항에서 대한민국의 주권은 국민에게 있고 모든 권력은 국민으로부터 나온다.

저들의 헌법 제2조와 대한민국 헌법 제1조 2항의 내용 중 차이는 국민과 인민이라는 단어다. 국민은 무엇이고 인민은 무엇인가. 우리가 추종하는 의회민주주의와 저들의 헌법상 지위와 권한을 인정하는 최고인민회의는 개념상 동일하다. 저들의 지방자치기구인 인민위원회와 대한민국의 지방의회의 개념 또한 동일하다. 저들에게도 선거가 있고 투표

행위를 한다.

그럼에도 왜 저들은 3대에 걸친 세습정권이어야 하고 세계 유일무이한 독재정권으로 악명을 날리고 인권유린국가로 낙인이 찍혀 있는 것인가. 그들의 헌법 전문에는 김일성은 시공을 초월한 유일지존이고 그의 사상은 감히 손볼 수 없는 유일사상이다. 이에 기초한 체제는 초종교적이고, 사회주의를 표방하여 만든 당헌 당규는 초헌법적이다.

일반적으로 만인은 법 앞에 평등해야 하고 누구든 평등한 대우를 받지 못한다면 다툼의 소를 제기하고 전문가의 도움을 요청할 수 있다. 저들에게는 지존의 위력 앞에 법은 무력하고 절대권력의 비호를 받는 공산당원들은 충성을 맹세해야 한다. 당에 반대하면 숙청을 당하여 목숨을 저당 잡히거나 정치범 수용소에 가야 하고 공산당 강령을 위반한 반동행위자라고 낙인이 찍히면 이념의 불구자로 사회에서 낙오되어야 한다.

아버지를 반동이거나 반당분자로 고발하는 아들에게는 영웅 칭호를 수여하여 천형의 생명윤리마저 저버리게 하는 모순의 극치가 저들의 국가운영체제다.

대한민국에서는 이석기라는 용공주의자를 용서하라고 소리를 지른다. 북한에서 남파된 간첩을 색출하기보다는 보호하려 드는 정권의 모습을 읽을 수 있다.

절대전력의 부족으로 기간산업이 위축될 우려가 팽배한 상황에서 멀쩡하게 돌아가는 원자력 발전소를 폐기처리하고 대신 북한에 발전소를 건설해 주겠다는 이면 약속설이 나돈다. 원자력 발전소에서 나오는 핵연료를 대한민국에선 아예 생산을 못하게 하겠다는 저의도 보인다. 이런 이야기를 지면을 통하여 말할 수 있는 자유가 저들에게는 없다.

저들에게는 선전선동은 당헌에 나와 있는 정치적 가치이고 문화적 유산이다. 선전선동에는 공산당 특유의 전략과 전술이 내재되어 있다. 굶주리게 하여 전투역량을 제고시키는 반면에 남한의 경우는 군의 사기를 저하시키고 전투역량의 배가보다 저들의 눈치나 보는 수뇌부와 군의 장성들은 전쟁의 참혹한 양상을 확대 재생산시켜 군기문란을 조장한다. 군인의 사명과 본분을 망각하게 하고 감성주의를 조장하는 일련의 조치가 그렇다.

남한에서 미군이 철수하면 누가 제일 좋아할까? 지금의 군으로 제2의 6.25를 획책, 북한에서 남침해 오면 남한의 정신전력으로 싸움에 나설 군인과 군인정신을 가진 자들이 얼마나 될까? 대한민국의 헌법 체계를 수호하고 주권재민 사상으로 중무장하여 다시는 이 땅에 동족상잔의 피비린내 나는 역사는 되풀이되지 않게 해야 한다.

대한민국은 국민이 주인인 나라다. 정치하는 사람들이 주인은 아니다. 양아치 근성으로 먹고 튀고 파당의 이익을 위해 가치관까지 바꾸는 쓰레기들을 뽑아놓고 그 책임을 회피하는 국민정신도 양아치 근성이고 식민지적 사고다.

대한민국은 민주공화국이고 북한도 인민민주주의공화국이다. 진정한 주인은 국민이어야 하고 인민이어야 한다.

2

검수완박

저질스러운 자들의 저질스러운 입은 예나 지금이나 여전하다. 필리버스터라는 국회법적 용어는 구사하는 언어의 합리적 타당성을 통하여 반대의 이유가 정당하다는 것을 강변하는 절차적 제도일 뿐이지 반대를 위한 반대의 방법으로 이용되고자 존재하는 것은 아니다.

개구리 올챙이적 생각을 못하는 모습으로 파당의 이익을 위해 존재하는 자들의 내로남불을 보면서 아직 시작도 않은 윤석열 정권의 미래가 암담해 보인다. 여당이 야당 되고 야당이 여당 되는 것은 어쩌면 정치의 당연한 로드맵이다. 그렇다손 억지가 억지를 낳는 정치권의 악습은 타산지석으로 삼아야 할 정치인들의 바이블이거늘 어찌 똑같이 전철을 답습하며 변화를 수용하지 않으려 하는지? 기가 막힌다. 검수완박이라는 사전에도 없는 사자성어는 어쩌면 우리말 사전에 등재될 수 있을 것 같은 예감이 든다.

거대 양당의 기 싸움이거나 이념적 스펙트럼을 통한 정당의 정책 싸움이라면 이해가 쉬울 것 같다. 저들의 싸움은 국민적 입장에서 보면 범죄 집단의 자기 보호를 위한 입법이요, 반대자의 입장에서 보면 권력의 칼자루를 쥐고 조자룡이 헌 칼 휘두르듯 흔들어댐으로써 당한 보복을 되값아 주겠다는 의도가 눈에 보인다.

검찰은 검사가 근무하는 집단관리소에 불과하고 검사는 국가기관이다. 국가기관은 국민의 권익을 보호하고 공권력의 남용에 희생의 제물로 전락됨을 막아 보호받아야 할 국민의 안전을 책임져야 한다. 권력의 시녀로 전락되어 본연의 임무보다 정권의 앞잡이로 존재해 온 것에 필자는 동의한다.

홍준표 의원의 말처럼 검찰의 자업자득이지만 지금 전 검사가 사표소동을 치르며 야당의 검수완박에 저항하는 모습은 과거를 반성의 기재 위에서 이루어져야 하건대 반성은 없고 자신들의 권한 사수만을 위하여 투쟁하는 모습이다.

우리 사회 전체가 반성은 없고 승냥이 떼처럼 자신의 먹잇감만을 지키고 빼앗기 위하여 으르렁거린다. 유리하면 정의고 불리하면 불의라고 치부한다. 그 철면피한 모습들에 아연할 뿐이다. 악법도 법이라고 스스로 독배를 마시기 위하여 형장으로 들어가는 소크라테스가 생각난다. 국민 세금으로 호의호식하며 날밤 새워 싸우는 것이 고작 자신들의 이해에 관한 것들이다.

창을 든 앞잡이들을 사주하여 내 죄는 감추고 네 죄는 침소봉대하여 반신불수 만들었으니 이제는 받은 대로 돌려줘야 하지 않겠느냐? 비록 0.73%이지만 우리는 승자독식의 전통을 고수하겠다는 여당의 야당 때 모습을 떠올려 본다. 반대로 기고만장하여 적폐청산이라는 미명으로 더 큰 적폐의 성을 쌓아올린 야당의 여당 때 모습도 떠올려본다.

검수완박은 범죄집단 간에 주고받는 편갈이 세력의 법제화를 위한 정치권의 저질 싸움이다. 붕괴된 멘탈의 복구를 위하여 현재의 제도를 보완하고 철저한 교육을 통하여 가치관을 확보시킨 후 정치권에 몸담아 있는 당신들부터 철저한 자성의 자세로 국민 앞에 과거를 사죄하라.

법은 없어서도 안 되지만 운용하는 자의 자의적 판단도 중요하다. 이들을 정당에서 공천을 미끼로 활용하듯 자리와 승진을 미끼로 활용하지 마라. 검사는 국민의 소유고 도구지 정치권의 도구나 하녀는 더더구나 아니다.

5년 후에 똑같은 일이 벌어질 것을 명심하라. 0.73%의 승리, 24만 7천여 표 차로 정권을 잡은 여당은 국민 앞에 겸허해야 한다. 국민의 표심은 수시로 변한다. 막강한 조직과 여당 프레임으로도 패배할 수밖에 없었던 현재의 야당 사람들, 해서는 안 될 일들, 국민의 눈살을 찌푸리게 한 일들, 뼈아픈 반성으로 새롭게 시작하라. 하여 여겸야성(與謙野省)하라. 국민적 시각으로 보면 그 나물에 그 밥이다.

*여겸야성(與謙野省): 여당은 겸손하고 야당은 반성하라.

3

대한민국의
법과 원칙

법과 원칙, 정치인들의 입에 달고 사는 말 아니겠나?

우리말 속담에 제 마누라 서방질하는 것 동네 사람 다 아는데 저만 모른다는 이야기가 있다.

정치인의 입을 통해서 나오는 말 중에 아주 흔한 말처럼 국민은 다 알고 이미 왜 그런 이야기를 하고 있는지 꿰뚫고 있는데도 달린 입이라고 짓씹고 곱씹고 하면서 우쭐댄다. 어쩌면 그것이 정치고 정치적 수사라는 어이없는 자조도 팽배해 있다.

0.73%라는 사상 초유의 근소한 표 차로 정권이 바뀌고 이 시간부터 승자와 패자의 엇갈린 희비는 다음 대통령 선거까지 계속될 것이다.

빼앗긴 자의 두려움은 정권을 쥐고 있을 때의 독식을 위한 횡포와 엉터리 눈만 뜨면 주창하던 법과 원칙이 얼마나 허구였는지 스스로 알고 있기에 그 두려움이 극에 달할 것이리라. 우리가 지니고 사는 양심이란 인간이기를 자처하는 사람들의 마지막 보루지만 양심은 독식과 거짓, 속 다르고 겉 다른 사람들이 가장 접하기를 싫어하고 두려워하는 것이기에 이들에겐 양심은 없고 세 치 혀끝만 있다고 필자는 주창한다.

지금 신구 대통령의 샅바 싸움이 시작되고 있다. 아니 어쩌면 마지막 줄다리기 싸움이다. 양쪽에 매달려 있는 정권의 하수인들이 상대방 전력을 흩트리기 위하여 마지막 안간힘을 쓰는 모습에서 새삼 저들의 민낯이 읽힌다.

저들의 꿈은 무엇인가? 스스로 만들어서 서로가 나누어 먹는 정부의 요직을 빼앗는 일과 권력 유지에 걸림돌 제거가 급선무다.

입으로 외치는 법과 원칙은 국민 대다수의 신뢰 위에 공정과 상식이 되기를 기다리는 염원과는 무관하다는 사실을 적시하고 싶다. 코로나 19 감염자가 국민의 1/4을 넘어간다. 국민 부채가 세계 3위 수준에 이르렀다. 우크라이나 전쟁은 인류의 생존을 위협하고 있다. 세계 유일의 분단국가다.

인구절벽의 벼랑에 서서 나라가 문을 닫아도 아이는 낳지 않겠다는 부부들의 야합은 어디서 오는 것인가? 이나마 무역대국이 되고 밥 굶지 않고 사는 것이 정치하는 사람들의 덕인가? 곳간은 비워놓고 포퓰리즘의 선봉에 서서 퍼주기에 급급하다.

망한 나라들을 일일이 열거하고 싶지 않다. 공약이랍시고 여기 가서는 이 말, 저기 가서는 저 말 하고 다니다가 한 사람은 낙선하고 한 사람은 당선했다. 허리띠 조여 매고 정신 바짝 차려야 한다. 곳간이 비워져 가족 전체가 기아와 굶주림 속에 죽을 수도 있다는 생각을 해야 하는 것이 유비무환이다.

독약인 줄 모르고 받아먹다 그것이 독약인 줄 알게 될 즈음 이미 끝장이다. 대장동사건만 해도 니밀락내밀락 하면서 유야무야 끝내려는 정치권의 수작들이 보인다.

돈은 없어졌는데 먹은 자는 없다. 그 돈이 공중에서 분해되어 태평양 바다 속으로 잠적했나?

이게 나라냐, 이것이 법과 원칙이냐. 대통령 한 사람들은 30년 형을 받아도 몇 년 살면 사면이라는 법 때문에 출소하고 굶주리다 못해 빵 한 쪽 훔쳐 먹다 들킨 사람은 형기를 다 채워야 하는 것이 법과 원칙인지 묻고 싶다. 이렇게 무너져 내린 법과 원칙 때문에 이를 부추기는 언론들의 무너진 원칙 때문에 국민정신은 골병이 들어간다.

강자를 위한 법, 가진 자를 위한 원칙보다 상식이 우선하고, 공정이 우선하고, 사회정의의 실현이 우선하였으면 좋겠다.

4

열흘 붉은 꽃 없다

(화무십일홍; 花無十日紅)

주어진 시간, 인생칠십고래희(人生七十古來稀)라고 했나? 60세에 환갑잔치를 할 때는 70생애를 천수(天壽)의 최고 수준으로 생각했었다.

이제는 100세 시대를 열었다. 어쩌다 보니 황혼의 아름다움에 취해 자신을 망각하고 노욕이 젊은이들과의 갈등 국면에 이르러 잘못된 결과에 손가락질의 대상이 되어 있다. 그러나 아직 할 일도 할 말도 많다.

제한된 공간, 대한민국을 떠날 수 없었다. 조국을 떠나면 그 순간부터 두려움과 막막함이 엄습해 왔다. 허나 지구촌은 아직 매력적인 곳이 많고 유혹의 손짓을 멈추지 않는다. 그러나 우리를 향해 지구를 떠나라고 한다면 갈 곳이 없다. 지구는 삶의 존속을 위해 아직은 가장 합당한 공간이다

삶의 지표를 잃어버린 매일, 우리들의 일상을 되돌아보자. 나는 무엇을 위해 살고 있는지, 매일의 일상이 자신을 위해 어떤 도움을 주는지,

앞으로 남은 삶을 위해 보탬을 줄 수 있는지 심각하게 고민하다 보니 머리가 아프다.

하루 세끼 식사와 잠을 자는 8시간 내외의 시간과 운동이라는 이름으로 걷고 있는 산책? 몸소 실천할 수 없는 감정 어린 글 몇 줄 쓰는 일, 나는 왜 살고 있을까?

전쟁은 개발된 무기의 실험장으로 지구촌이 이용되고 있는 듯, 지구촌 한 곳에서 이루어지고 있는 침략전쟁의 이유가 불분명하다. 러시아가 우크라이나를 침공하였다.

오늘(3월 17일) 뉴스에 드론을 비롯 8억 불 상당의 신무기를 우크라이나를 위하여 지원하겠다는 문서에 서명하는 미국 대통령의 서명 장면이 뉴스 모니터에 클로즈업되었다.

한국 역사를 되짚어 본다. 피침의 역사 속에 공포와 수탈의 참혹함으로 벗어나기 위한 일제의 침탈, 남북 간의 전쟁사 그러나 지금 벌어지고 있는 러시아의 침략 행위는 후일 어떤 평가로 역사에 기록되겠나? 바로 머리 위에서 끝없이 이루어지고 있는 무기 개발로 인민의 고혈을 짜고 있는 김정은 정권이 추구하고 있는 것은 무엇인지? 개발된 무기의 살상 시험장이 필요하여 전쟁을 계속하여야 할까?

전쟁이 아니어도 코로나19의 위세는 전쟁보다 더 무서운 결과를 가져왔다. 2022년 3월 17일 현재 하루 코로나19의 확진자가 50만을 넘고 있다. 머지않아 1000만 명 수준에 이를 것은 불을 보는 것보다 더 명확하다.

천안의 경우 동남구보건소 앞에 서서 검사를 받으려는 시민의 줄이 중앙시장까지다. 옛날에는 역병이라고 불리던 돌림병이다. 결국, 정부도 손을 들고 스스로의 자체 백신으로(내성 백신) 이겨낼 수밖에 없음을 인정하고 손을 들고 말았다.

인간들이여! 스스로가 얼마나 나약한 존재들인지, 스스로를 돌아다 보라는 신의 신호가 아닌가 모르겠다.

권력욕에 눈먼 대한민국의 신구정권이여, 대립과 반목은 여전하다. 0.73%의 승리가 완전한 승리인가? 겨우 구사일생, 되찾은 정권, 아직 절대 소수의 국회의원 숫자, 도처에서 기다리고 있는 민생 현장을 두고 하고 있는 짓이 고작 자리다툼인가? 또 다시 적폐청산이라는 이름으로 전 정권의 대물림을 지속할 것인가?

야당이 된 정파의 사람들, 당신들이 지난 5년간 해온 짓들이 무엇인가? 내로남불과 자기 식구 챙기기, 눈꼴사나운 폭거, 있으나마나 한, 아니 오히려 국민혈세만 축내는 흡혈기관들을 만들어 권력유지를 위해 칼날을 갈아오다 이제 정권을 빼앗긴 지 며칠이나 되었다고…, 입으로는 반성하고 하는 짓은 여전하니 기가 차다.

내일은 머리 위에 있는 지구상 유일한 독재국가 북한이 어떤 미사일을 쏘아 동해바다를 오염시킬 것인지, 사후약방문이지만 이를 분석하는 일이 정체성이 되어 있는 합참의 발표가 자못 기대된다.

경고하고 싶다. 스스로가 좌표를 잃으면 배는 침몰한다. 여당과 야당 사람들, 편하게 먹고 산다는 철밥통 공직자들, 당신들의 부패와 부정이 죄 없는 국민들의 미래를 망친다.

정치인들이여, 열흘 붉은 꽃은 없다.

0.73%의 승리가
세상을 바꿀 수 있는가?

대통령 선거가 끝났다. 승자와 패자를 향한 국민의 준엄한 심판은 승자에게는 경고를, 패자에게는 희망의 메시지이다.

역대 미국 선거에서 공화당 정권과 민주당 정권의 승패가 1% 내외에서 결정되었던 것처럼 한국 또한 승패가 1%에도 못 미치는 초박빙의 시대를 연 것이다. 패자의 안타까운 심정이야 무슨 말로 위로가 될까만은 집권 당시 당 대표가 20년 장기집권을 운운하며 기고만장했던 모습이 아직 기억에 생생하다.

촛불 민심을 팔아 촛불정권이 탄생되었고, 촛불정권은 민심에 귀 기울이고 국민이 주인 노릇을 하게 해야 했음에도 5년 임기 동안 천문학적 국민부채의 공화국을 만들었고, 천정부지의 집값 상승으로 내 집 마련의 꿈을 앗아갔다.

돈은 없어졌는데 먹은 자가 없는 대장동 게이트가 생겨났다. 다수당이라는 이유로, 집권당이라는 이유로 무소불위의 권력을 쥐고 전가의 보도처럼 휘두른 칼날에 상처 입은 국민들의 반감이 장기집권의 꿈을 무너뜨렸고 도발을 멈추지 않는 북한의 김정은 정권에 대한 두려움이 표로 심판되었다.

강자의 폭거에 기울어진 운동장은 각도가 더해짐으로써 평상심으로 서 있기가 불안하고 조변석개하는 언어의 유희가 지도자로서의 덕망에 손상을 입혔다. 다 그렇고 그런데 나만 독야청청하다고 알아주는 사람 있나? 일상화된 내로남불은 돈 앞에 자존심을 팔고 스스로 인간의 존엄함에 피로를 느낀 국민들의 자각이 공정과 상식을 내세우는 후보자의 주장에 동조한 결과이기도 하다.

변해 가는 인성 때문에 스스로의 모습에 화가 난 국민들의 자정 선언이 정권을 뒤바꾼 투표의 정체성이기도 하다. 허나 정권을 찾아온 승자 집단은 과거 그들의 집권당 시절 그들이 저지른 국민분열 책동이거나 청와대의 불통, 아전인수식 민심 왜곡 등에 대한 뼈저린 반성은 별로 보이지 않는다.

잘못은 사과한다고 피해자들에게 보상되지 않는다. 빼앗겼다는 분노를 자기반성의 기조로 삼아 보복보다는 각성의 기제로 삼아야 한다. 문재인 정권 초 현재의 패자집단들이 했던 행동들과 유사한 작태의 행각으로 일관한다면 국민들의 분노를 자아내게 하여 과거 정권 붕괴의 전철을 되밟을 수밖에 없다.

0.73%로 패자가 된 야당은 300석 국회 의석 중 172석을 점하고 있다. 집권당이 되었다고는 하나 국민적 시각에서 국가 장래보다 파당의 이익에 목이 메어 사사건건 발목을 잡고 딴지를 걸었던 그 작태를 170석이 넘는 야당의원들이 되풀이한다면 이 또한 달라지는 것이 무엇일까?

피 말리는 격전의 선거에서 무조건 이기고 보자는 편법, 탈법, 불법의 언행들을 보면서 자라나는 2세들이 당신들에게서 배울 게 어디 있나?

선거는 끝이 아니라 계속되는 것이다. 채 석 달도 남지 않은 지방선거가 국민의 선택을 기다리고 있다. 지난 서울시장, 부산시장의 보궐선거는 귀책사유가 자신들에게 있음에도 철면피한 모습으로 대든 사유로 유권자들의 심판을 받았다. 대통령 선거에서 또 한 번의 패배를 경험했다.

막바지 임기 석 달을 남긴 지방정치의 산물, 선출직 공무원들에게 심판의 날이 카운트다운 되었다. 앞의 선거들을 반면교사로 삼아 네거티브 선거, 약점 잡아 상대 더 나쁜 사람 만들어 반사이득으로 덜 나쁜 놈 되려는 선거에 마침표를 찍어야 한다. 공천권 손에 쥐었다고 정실에 싸이지 말고 될 만한 사람의 공천보다 사람다운 사람이 후보로 공천되길 바란다.

0.73%의 승패는 계속된다. 이제 세상을 바꾸는 힘이 될 것이다. 패자에게는 용기를! 승자에게는 경고가 될 것이다.

종전선언이
합당한 공약인가?

이율곡 선생의 10만양병설에 대하여 기억되는 고전을 옮겨 써 본다.

"일찍이 경연에서(율곡이) 정하기를 '10만의 군병을 미리 길러 위급한 사태에 대비해야 할 것입니다. 그렇지 않으면 10년이 지나지 않아서 장차 토붕와해(土崩瓦解)의 화가 있을 것입니다' 라고 하자 정승 유성룡이 '사변이 없는데도 군병을 기르는 것은 화근을 기르는 것입니다' 라고 말했다."

ㅡ지금 일방적인 종전선언이 지속적으로 터트리고 있는 북한의 미사일 시험 발사를 멈추게 하였나? 저들의 국방비를 굶주린 인민을 위해 용처 변경을 하였나?

러시아의 침공으로 우크라이나 수도가 함락 직전의 상황에서 러시아는 종전선언(항복)을 하면 침공을 멈추고 대화하겠다고 한다. 침략은 이미 이루어졌다. 미국이 파병을 하였나. 더 웃기는 것은 미국 시민들의 전쟁 기피현상 여론이다.

국가 안보에서 여론이란 무엇인가? 그럴 바엔 대한민국도 육 · 해 · 공, 해병대를 없애고 경찰병력만으로 치안만 유지하면 되지 천문학적 국방비는 왜 없애야 하는지 묻고 싶다.

나토가 무력침공의 러시아에 대하여 한 일이 무엇인가를 묻고 싶다. 미국의 경제제재에 러시아도, 중국도, 북한도 눈 하나 깜짝하지 않는다. 사변이 없는데 군병을 기르는 일이 화근을 기르는 것일까?

오히려 자국민 보호를 위한 철수작전으로 강 건너 불을 보고 있는 현상에 대하여 우리는 더 두렵다.

"그때 오랫동안 태평이 계속되어 모두가 편안에 젖어 있었으므로 경연에서 주대(奏對)하는 신하들이 다 선생(율곡)의 말을 지나친 염려라고 여겼다. 선생이 밖에 나와 성룡에게 이르기를 '나라의 형세가 누란의 위기에 처했는데도 속유(俗儒)들은 시무에 통달하지 못하는 다른 사람에게는 기대할 것이 없지만 그대 또한 어찌 이런 말을 하는가' 라고 하였다."

―함박도를 내주고 통일각을 지어주고 남북화해 데탕트를 위해서 폭파될 연락사무소를 지어줬다. 코로나 정국에 자살하는 자영업자들이 속출해도 민간 베이스라는 미명으로 원조를 계속해도 단 한 번의 감사 표시도 할 줄 모르는 파렴치한들에게 무엇을 믿고 종전선언을 주장하는 것인지 묻고 싶다.

지금은 태평성시도 아니고 남북 간에 철조망을 치고 서로가 총을 겨누고 있는 전시다. 6.25가 북침이라고 주장하는 정신병자 같은 이념론자들은 추종하는 정치세력과 함께 북한으로 가라. 남한에 머물면서 국익을 해하고 안보의 둑을 정치와 연계해서 무너뜨리려는 준동을 멈추어야 한다. 그런 사람은 그럴지라도 일국의 지도자를 꿈꾸는 자의 역사관은 시정되어야 한다. 유비무환은 보험이다.

"임진란을 맞은 유 정승이 조정에서 다른 사람에게 말하기를 '지금 보니 이 文成(율곡의 시호)은 참으로 성인이다. 만약 그의 말을 채용했더라면 국사가 어찌 이 지경에 이르렀겠는가…' 라고 하였다."(김장생, 〈율곡 행장〉)

─도발에 응징해야 하나, 사전에 도발을 막아야 하나. 전쟁이 나면 젊은이만 죽나, 다 죽나? 편협한 논리로 젊은이들의 표심을 유린하지 마라. 지금 세계를 쥐락펴락하는 이스라엘 학생들이 유학하고 있는 아이비리그, 하버드, 시카고 대학 등에 아랍진영 학생들도 함께 유학하고 있다.

이들은 본국에서 전쟁이 발발했다는 소식을 접하면 모두 유학을 접는다. 이스라엘 학생들은 남녀학생 모두가 군인이 되려고 본국으로 떠나고, 아랍진영 학생들은 세계 도처로 뿔뿔이 헤쳐 도망간다.

1/5, 1/10의 전력으로도 백전백승하는 이유를 가늠하기 바란다. 이스라엘은 아랍진영으로부터 공격을 받으면 30배의 응징을 한다. 우리는 응징은커녕 쥐구멍을 찾는다. 종전선언을 해서 안심하고 쳐내려올 수 있는 북한의 오판을 유도하는 작태가 아니길 바란다.

7

위기를 부채질하는
대통령 후보들

    장수를 이야기할 때 용장(勇將), 지장(智將), 덕장(德將)이 등장한다. 삼국지에 나오는 유비, 관우, 장비를 일컬어 유비는 덕장, 관우는 지장, 장비를 용장으로 비유하기도 한다.

    앞으로 20여 일 남은 대통령 후보들의 두 번째 토론회를 시청하면서 이를 주관한 언론사들이나 출연한 대통령 후보들의 모습에서 필자는 무엇인지 불덩이처럼 가슴에서 치밀어오는 분노와 함께 천인단애(千仞斷崖)의 절망감에 휩싸였다.

    대통령이 도덕군자일 수만은 없다. 그러나 지도자 반열에 설 수 있는 사람이 타락의 대명사가 되어서는 안 된다. 눈덩이처럼 부풀어 올라가는 스캔들의 진위여부를 떠나 서로가 서로를 손가락질하면서 당신이 대통령이 되면 이 나라는 무엇으로 망하든 폭망할 것이라는 겁박이다.

    서로가 서로를 곁눈질하면서 말꼬리 잡고 늘어지고 시청자나 국민이 평가해야 할 사안에 대하여 막말을 해대는 모습들을 보면서 저들이 저렇진대 일반 서민대중들의 이해관계를 통한 갈등과 반목은 그 해답을 제시할 수 있을까, 너무 두렵다. 누가 대통령이 되어도 그 소용돌이 속에 휘말려 좌충우돌 소란스러워야 할 선거 후가 두렵다.

전체적인 국가 안위나 국민 행복, 미래의 비전을 제시하기보다 부분 공약, 지엽적인 이해관계인의 표심을 자극하기 위하여 저들은 천문학적인 재원 마련에 대하여는 어물어물 피해 넘어간다. 공기라는 언론사들 또한 구체적 적시를 통하여 빌 공(空)자 공약의 허구를 지적하기보다 이해의 종속 집단으로 시청률 올리기에 혈안이 되어 있다.

공약을 남발하는 후보는 도둑놈이거나 사기꾼에 해당된다. 도둑질하거나 훔친 돈이라도 있어야 입으로 말한 약속을 지킬 수 있다. 단 한 후보도 국민 부채 1000조의 시대에 재정건전성이거나 비어 있는 국고, 곳간의 텅 빈 모습에 대하여는 이야기하기를 기피한다. 장밋빛 공약의 허구다.

허리띠를 졸라매고 재정건전성을 회복하여 세계를 휘어잡는 건전 재정의 상징 국가를 꿈꾸게 하는 후보는 보이지 않는다. 필자가 이들을 사기꾼 집단이거나 도둑놈 집단으로 몰아붙일 수밖에 없는 이유다. 사랑한다는 이유만으로 주머니가 텅 빈 사람이 무엇인가를 해 주겠다고 너스레를 떠는 모습들이 오버랩 된다.

삼국지에서 유비보다 나이가 많은 관우는 덕장으로 덕치를 주장하는 유비를 형으로 모셨다.

용감한 용장(勇將)은 지혜로운 지장을 못 이기고, 지혜로운 지장(智將)은 덕 있는 덕장(德將)을 이기지 못한다는 고사가 자꾸 생각난다.

국가와 민족을 위하여 용감하게 죽을 수 있는 용장도 안 보이고 지혜로운 처사로 만사를 지혜롭게 해결할 지장도 보이지 않는다. 1차, 2차 토론회에서 봐온 후보들 중 덕장은 더더구나 없다.

대한민국의 슬픈 자화상으로 통탄만 해야 할까? 위기는 기회라는 슬로건으로 서로를 손가락질하면서 당신이 되면 대한민국이 위기를 맞게 될 것이라는 저들이 곧 위기의 본산이라는 생각을 떨쳐 버릴 수 없다.

정말 싫은 후보가 당선될까 봐 마음에 있는 후보를 찍을 수 없는 현실도 슬프다. 그러나 당신들의 헛소리처럼 대한민국은 절대 망하지 않는다. 순간의 실수도 그 폐해는 국민 몫으로 돌아온다. 허지만 위대한 대한민국 국민들의 선택과 집중은 저들이 부르짖는 위기가 아니라 호기가 될 것임을 믿는다.

당신들 중에는 용장도 지장도 덕장도 보이지 않는다. 심지어 현재 진행되고 있는 중국의 동계올림픽 개막식에서 소수민족으로 전락시켜 한국인의 자존심에 피멍을 들게 한 개막행사의 한복 등장 사건이나 심판들의 준동에 대해서도 지도자는 국민의 분노조차 삭여주지 못하고 있다.

우리는 국제사회의 미아가 되어서는 안 된다. 투표일까지 남은 시간 반성하고 회개하며 당신들에게 실망한 국민들에게 꿈을 심어 주고 활짝 웃게 해 주기를 바란다.

8

왕개구리의
하품

임인년 3월 5일은 잠자던 개구리가 봄을 맞이하기 위하여 눈을 뜬다는 경칩이다. 생로병사는 살아있는 모든 생명체들에게 피해갈 수 없는 윤회다. 선거는 민주주의의 윤회다. 40여 일 남짓 남은 대통령 선거는 민주주의 축제여야 함에도 민주주의의 조종을 울리는 것이나 아닌가 두렵기만 하다.

필자가 잘 아는 시인은 금년 3월 9일 시행하는 대통령 선거를 향하여 개구리들의 합창으로 비하하는 작품을 썼다.

개구리들의 합창은 울음일까? 올챙이 군단을 향하여 쏟아내는 조소일까? 통장 반장이 해야 할 일까지 다 하겠다고 떠벌리고 시장, 군수들이 해야 할 일까지 다 해내겠다고 헛소리가 될 빌 공자 공약(空約)을 조자룡이 헌 칼 휘두르듯 마구 남발한다.

표가 될 양이면 달도 별도 따다 줄 것처럼 이야기한다. 대통령 하나만 뽑아 놓으면 통장도 반장도 시장도 군수도 다 필요 없을 것 같다. 검증은 없고 하는 척하다가 치고 빠지는 데 추종을 불허하는 메이저 언론의 작태 또한 달라진 게 별로 없다.

저들 또한 유권자이고 대한민국 국민이다. 어쩌면 저들은 우리보다 더 많이 알고 있으면서 자신들의 아킬레스건 부분에는 더욱 민감하다. 나라가 기울어진 운동장이라는 것, 내로남불의 극한 상황 속에 물 건너간 도덕정치, 가치 정서의 전도 속에 행여 하는 기대마저도 머지않아 사라질 것이라는 것도, 저들 중 누가 대통령이 된다손 후보 시절 거짓말 많이 한 사람이 더 사악한 대통령이 될 것이라는 것도….

시간이 가까워질수록 양극화는 극심해질 것이고 정치권의 거짓말을 거짓말인 줄 알면서도 양극화된 국민들은 게거품을 물며 상대를 비난하고 힐난할 것이다.

여(당)가 되어도 야(당)가 되어도 그 후유증은 극심할 것이고 국민이 입어야 할 상처 또한 예상 외로 심각해질 것이다. 당선이 되기 위해서 기득권 다 내려놓을 것처럼 헛소리 뻥뻥 치지만 당선과 동시에 자리다툼에 혈안이 될 것이요, 보복의 칼을 준비할 것이다.

대한민국 전직 대통령의 말로를 보라. 가렴주구에 하루하루를 살아내기에 허덕거리는 국민의 삶은 입으로 치례를 하고 이 핑계 저 핑계로 나라를 빚더미 위에 올려놓고 다음 세대에게 물려줄 유산이 결국 부채와 가치 질서가 상실된 인성 즉 패륜과 패역이라면 우리는 왜 살아야 하나? 국민을 물로 보거나 졸로 보는 사람일수록 눈물도 속죄도 많다는 것을 우리는 경험했다.

사람이라는 이유로 저지른 과오는 반성하고 속죄해야 하거늘 반성과 속죄보다 하는 척하면서 겉으로 드러나지 않는 강도 높은 범법 행위를 꿈꾸는 자가 대통령이 된다면 대한민국의 미래는 어떻게 전개될까? 생각만 해도 모골이 송연하다.

경칩에 개구리가 하품하며 봄을 향해 눈을 뜨듯이 국민 모두가 잠의 늪에서 깨어나 선거에 임해야 한다.

기권은 가장 어리석은 사람의 잘난 체하는 권리 포기 행위다. 결국 어리석은 사람의 지배를 자초하는 행위다. 결국 누군가 대통령이 될 것이고, 되고 나면 그는 지금의 굽힌 허리를 꼿꼿이 세우고 양두구육의 본모습을 드러낼 것이다.

그래서 선거는 포기하면 안 된다.

9

이런 대통령 후보
어디 없나?

2020년 대한민국 출산율은 0.84명이다. 2021년 통계수치는 아마 그보다 더 낮은 하락 추세일 것이다.

한때 한 가정에서 하나만 낳아서 잘 기르자는 슬로건으로 반 출산장려 정책을 전개하여 예비군 훈련장에서 정관수술을 마치면 훈련을 면제해 주던 시절이 있었다. 한 치 앞을 못 내다보는 어리석은 정책이었음을 이제 와서 인정하고 후회해 본들 무슨 소용이랴.

더구나 지구촌은 코로나19 팬데믹으로 많은 인구가 감소 추세에 있다. 사람이 존재하지 않는 지구에 인류가 존재할 수는 없다. 시선을 국내 역사로 돌려 보자. 일제의 탄압으로부터 벗어나 겨우 미군정 하에서 태어난 남한의 이승만 정부와 소련의 스탈린 휘하에서 북한의 김일성이 집권한 후 세계 역사에서 그 유래를 찾아볼 수 없는 참혹한 동족상잔의 6.25전쟁을 치렀다.

소실된 재산과 인명은 우리의 역사를 뒷걸음질 치게 하였다. 그 후유증은 작금에도 대립과 갈등, 반목과 시기로 남북한의 장벽은 허물어질 것처럼 보이다가 더 공고하게 쌓이고 있고, 남북의 수뇌부는 이를 자기들 정권의 이용 도구로 적잖이 활용하고 있다.

인권은 없고 정권만 있는 북한, 인권을 빙자하여 가짜 뉴스의 천국이 되어 가고 있는 남한. 3대의 세습정권 속에 공포 일변도의 정치로 일관하고 있는 북한, 상대의 약점을 물고 늘어져 반사이득으로 존재의 정체성을 유지하려는 기생충 집단의 남한.

만만한 것이 홍어X이라고 했나. 남북한의 국민들은 이들 정치집단의 흡혈에 숙주가 되어 노예 집단으로 길들여지는 것 아닌가.

양 집단의 지도자나 그 추종세력들은 재산 불리기, 자파 집단의 이해기관, 내로남불의 상징화로 국민 심기를 불편하게 하고 있다. 그러함에도 이들은 양극화를 부추긴다. 기가 막히게 지능적 술수로 국민을 호도한다. 양의 탈을 쓰고 벌어진 입으로는 호박씨를 깐다. 이를 알아차린 일부 국민들은 못 알아차린 더 많은 국민들을 무시하고 좌절한다. 적당히 포기하다 자신에게 유리한 집단으로 몸을 위탁하고 주구가 된다.

숙청은 북한에만 있는 것이 아니다. 남한에도 입바른 소리 하고 자파 이익에 반하는 객관적 바른 소리 하다 쫓겨나 정치생명이 절단난 사람들이 있다.

이데올로기란 상호 보완을 통하여 그 시너지 효과가 상호 소통을 통하여 이해의 폭을 넓히며 역지사지를 몸으로 익혀냄으로써 나와 다른 의견을 수용하게 하는 것이다. 상대를 적으로 돌리고 복종을 강요하며 살육을 일삼았던 역사의 끝자락에서 아직도 우리는 그 잔재의 여진에 휘말려 있다. 나는 우파 너는 좌파, 우파가 싹쓸이되면 좌파 속에 우파가 싹터서 언젠가는 좌파를 싹쓸이한다는 것이 역사의 교훈임에도 우리는 정신을 못 차리고 있다.

2022년 3월 9일 대통령 선거를 앞두고 있다. 공약도 없고 철학도 보이지 않는다. 여론조사 수치에 혈안이 되어 상대방 약점과 비리 들추어내어 나보다 더 나쁜 놈 만드는 일이 저들의 본업 같다는 생각이 든다.

인구절벽의 상황에서 인구 제로의 나라로 문을 닫아야 할 미래, 내로남불로 인성이 마비되고 수치를 모르는 수성(獸性)만 남아 있는 자화상, 나라 곳간은 비워놓고 가렴주구로 선거용 선심만 베풀며 생색을 낸다. 국민은 무엇을 보고 어떤 선택을 해야 하나?

실언을 거듭하며 자파의 집토끼도 못 지키는 무능한 대통령 후보, 표만 된다고 생각되면 아침에 한 말 저녁에 바꾸는 거짓말의 달인, 이런 후보 말고 일관된 철학으로 국민에게 꿈을 심어 주는 대통령, 겸손한 모습으로 국민과 애환을 같이하는 대통령, 바른 역사관을 갖고 공의를 바로 실천하는 대통령, 국민의 자존심을 지켜 주는 대통령, 이 나라를 반석 위에 세워 애 많이 낳고 오래오래 대를 이어 지켜가며 행복을 구가하게 하는 대통령, 이런 대통령 후보 어디 없나?

10

그 X이
그 X이다

80여 일 남은 대선정국을 보며 어쩌다 이 나라는 대통령 복이 지지리도 없는 나라가 되었는지 개탄스럽기만 하다.

나라 망가뜨리는 데 1등 공신의 자리에 앉아 특종이라고 얻어낸 것들이 대통령 후보 결혼 전 비리 찾아내는 일이고, 더하여 또 하나는 대통령 아들 상습 도박 사실 찾아내어 특종이랍시고 아침저녁으로 TV 화면 장식하는 일이라면 이들 또한 정치집단과 동색이라고 말할 수밖에 없다.

미담의 주인공도 많고 눈물 자아낼 감동 스토리도 많다. 이를 통해서 내로남불로 얼룩진 기울어진 운동장을 바로 잡을 생각은 아예 없기도 하지만 엄두도 내지 않는다. 없어져도 괜찮을 수많은 언론사들의 경쟁적 보도를 보면서 혹여 색다른 방송보도가 있나 해서 이리저리 채널을 돌려 봐도 매양 그 모양이다.

저들이 먹고 사는 방법 또한 기생충에 지나지 않는다. 정부 각처나 기관은 그들의 식량창고다. 기업 또한 저들의 밥이다. 울며 겨자 먹기 식으로 저들의 요구에 응하지 않으면 무서운 보복이 뒤따르게 되고 결국 회사는 생존이 어렵거나 도태되어야 한다. 더 기가 막히는 것은 언론 스스로가 나르시시즘에 빠져 제왕으로 군림한다는 것이다.

이 나라에 진영논리를 극대화시킨 장본인도 저들이고 양극화의 원흉도 저들이다. 자립과 자강은 같은 의미가 아니다. 감히 넘볼 수 없는 재벌 언론들을 손에 넣지 못해 안달하는 정파나 진영의 주구들 또한 같은 맥락으로 치부되어야 한다. 이것을 언론 민주주의라는 미명으로 호도하고 선의의 경쟁을 표방하여 득의양양한 모습으로 국민 편에 서는 척, 혹은 정의의 사도인 양 행세하지만, 장지연 선생같이 붓을 꺾은 사람은 눈에 보이지 않고 선거판이 X판이 되어도 이에 대하여 책임을 통감하는 언론은 눈을 씻고 보아도 없다.

어차피 정치는 생물이라고 하여 최선은 없고 차선을 선택해야 하지만 우리 선거, 특히 대통령 선거는 최악과 차악의 대결 구도가 아니라고 말할 수 없다. 속된 표현으로 처갓집이 어떤 가족 구성원인지 전과 유무가 어떻게 얽혀 있는지조차 검증하지 못하고 덥석 늦장가를 든 야당 후보가 결국은 잘한 결혼인지 잘못한 결혼인지 더 세월이 흘러 봐야겠지만 여당과 언론이 잡는 발목을 빼지 못하고 있고, 과거뿐만 아니라 현재에도 말 바꾸기의 달인, 표만 되면 아무 말이나 해대고, 대장동 사건, 김부선 스캔들, 이제 새롭게 떠오르는 자식의 도박 비리로 곤욕을 치르고 있는 여당 후보. 둘 다 그 X이 그 X 아닌가? 오십 보 백 보요, 도낀 개낀이며, 그 나물에 그 밥이다.

여기에서 자유로운 후보는 시선조차 주지 않고 일부러 작은 인터뷰조차 기피하려는 언론들 또한 뭐가 다른가. 상대적으로 능력도 있고 흠결도 없고 가족사도 깨끗하고 스캔들도 없고, 학력이나 경력 면에서도 뒤지지 않는 후보들의 약점은 여론조사에서 뜨지도 않는다는 것이다. 그런 이유로 홀대받고 푸대접받으며 악화에게 구축되어지는 양화가 아닌가?

진정으로 정치개혁을 원한다면 오늘날 정치를 이 지경으로 만든 현행범 집단과 이들에게 빌미를 주며 정신 차리지 못하고 권력에 빌붙어 눈앞의 먹이에만 혈안이 되었던 전과자 집단을 정신 차리게 해야 하고, 도덕적 결함이 없고 모범적 삶을 영위해 온 지도자를 선택의 대상으로 주목해야 하는 것 아닌가?

양 집단의 노예상태가 아니라면 아니 노예상태라 해도 국민의 채찍이 얼마나 매서운지 맛을 보여주어야 모든 정치집단이 국민 무서운 줄 알게 되고 정신을 바짝 차릴 것이다. 세상은 하루가 멀다 하고 비윤리 비도덕적 살인사건, 폭력사건이 우리의 눈살을 찌푸리게 한다.

혹여 범죄자들에게 왜 이런 끔찍한 범죄를 저질렀느냐고 물었을 때 저들이 대통령 후보들의 사진이나 영상을 가리킨다면….

11

기생충 집단

봉준호 감독의 영화 '기생충'은 대한민국의 영화 수준을 세계무대에서 돋보이게 했고 세계 영화 팬들을 열광하게 하였다. 내용인즉 기생충 가족이 또 하나의 기생충 가족을 파멸로 이끌고 빌붙어 흡혈하는 주인 가족까지 함께 공멸로 이끈다는 스토리의 전개다.

기생충이 알을 낳아 번식을 꾀하듯 아들 기생충은 여동생을 기생충으로, 여동생은 그녀의 아버지를 기생충으로, 아버지 기생충은 그녀의 아내를 끌어들여 부유한 4인 가족의 4인 기생충이 되어 한 가정을 파멸로 이끈다. 그렇다고 해서 그들의 인생이 화려한 변신을 기한다든가 삶의 궤적을 바꾼다든가 기대를 갖게 하기보다 함께 공멸로 가는 길이었음을 시사해 준다.

대통령 선거를 목전에 두고 파당의 이익에 혈안이 되어 있는 정치인들은 대한민국 역사의 기생충 노릇에 환장한 존재들이 아닌가 하는 의구심을 갖게 한다.

필자만의 생각이기를 빌지만 죽기 살기로 권력 쟁취만이 목적이 되어 그 진흙탕 싸움에 휘말려 양극화의 정점에서 서로를 적으로 치부하고 입에 게거품을 물게 하는 국민 편 가르기에 대하여 당신들은 어떤 대안을 갖고 있는가?

남북이 대치되고, 동서가 양분되고 이념이 분산되어 종국에는 기생충 집단으로 하여금 한 가정이 파멸로 가듯 이 나라가 파경으로 가면 그 책임은 누구에게 있는가? 역사가 증명해 준다. 망국의 요인에는 기생충과 기생충 집단의 준동이 요인이었음을….

오늘의 정치 책임 집단은 여당이다. 이들은 도덕적으로도 정책적으로도 국민들의 신임을 저버린 채 자신들과 소속 집단만을 위하는 현행범 집단이다. 내 눈의 대들보는 보지 않거나 일부러 피하면서 상대 눈의 티끌만을 침소봉대하며 어용언론과 집단 이기주의 화신들을 총동원하여 나팔을 분다.

모두가 국민들의 피와 땀으로 만들어진 세금이거나 부채로 이 짓을 계속하고 있고 멈출 날은 기대난이다. 이들이 바로 국민의 피를 흡혈하는 기생충 집단이라는 것이다.

여당의 이야기는 아니다. 지금의 야당이 하고 있는 짓들은 자신들이 여당을 하면서 해온 짓들을 작금의 여당이 하고 있다는 것에 대하여 일말의 수치심조차 느끼지 못하면서 과거 여당을 지내며 누렸던 권력의 단맛을 다시 찾으려고 몸부림친다.

그들이 해온 짓들을 일일이 열거하기에도 부끄럽다. 국민을 위한다는 입치레 거짓말로 보수를 빙자하여 남이 차려놓은 밥상에 수저 들고 대드는 집단 아니었나?

오늘의 현행범 집단의 태동 요인을 제공한 전과자 집단이라고 표현해야 적절할 것 같다. 하여 오늘의 정치집단은 모두 국민의 피를 빨아먹고 사는 기생충 집단임을 적시해야 하지 않겠나.

영화에서 본 것처럼 기생충은 결국 피아를 모두 공멸하게 한다. 잠시의 꿀맛에 취해 한 치 앞을 내다보지 못하면서 자신만이 옳고 상대는 모두 그르다는 내로남불 시대를 만든 장본인들이다. 이들 전과자 집단과 현행범 집단에서 자유로울 수 있는 세력도 눈에 보이질 않는다.

그렇다고 장탄식으로 포기할 수는 없다. 선거가 구충제가 되어야 한다. 양대 집단이 기생충 집단으로 머물게 할 수는 없다. 대권을 가져가는 세력에게는 대권을 주고 빼앗긴 세력에게는 견제의 능력을 주는 지혜가 구충제일 수도 있음을 제언한다.

12

윤희숙 전 국회의원과
윤미향 현 국회의원

용케도 윤씨 가문의 여성 의원 두 사람이 클로즈업된다.

'300명 의원 중 저런 의원도 계셨구나?' 라는 경탄을 자아내게 한다.

국회란 나라의 대소사와 국민안보를 목적으로 국민의 의사를 물어 종 다수 투표로 선택된 집단임은 두 말할 나위가 없다. 그러나 이들은 국민 의 대소사나 국민의 이익을 대변하는 기관이 아니라 소속 정당이거나 정파의 주구가 되어 집단 이익을 수호하려는 일종의 양아치 패거리만 도 못할 때가 있다.

죽어도 해서는 안 되겠다는 어용정당의 창당이거나 특히 상대 정당이 나 후보의 약점을 찾아 아킬레스건을 공격하여 반사이득을 통하여 국 민 지지율을 올리려는 파렴치한 행위 등이 그렇다.

이를 배운 파당의 졸개들이거나 길들여진 셰퍼드들은 가짜 뉴스를 양 산하고 내로남불로 얼룩진 세태 탓으로 자신의 비양심, 비양식을 호도

하러 든다.

하루에도 수십 차례 걸려오는 대출사기, 증권사기, 일확천금을 빙자한 투자사기에 매달려 사는 사람들은 자기들의 행위가 정당한가 부당한가를 판별하는 능력조차 없는 사람들의 집단으로 이루어진 것일까?

정부나 지자체는 사후 약방문에 솜방망이 처벌이고 근본적 대안도 없다. 이들은 법망에 걸려도 용케 잘도 빠져 나온다. 양심 없는 법은 강자의 호신용 방탄복일 뿐이다.

지금 대장동 게이트에 얽혀 있는 인사들의 예를 보자. 단 한 사람도 스스로 잘못을 시인하고 성남 시민들의 공유자산을 되돌려 드리겠다고 석고대죄하는 사람이 있는지 살펴보자. 50억을 받아먹은 자, 받기로 약속한 자, 그 윗선, 이를 수사하는 검찰과 경찰의 안이한 자세, 어쩌면 이들도 돈다발 한 묶음씩 쥐어주면 흑을 백으로, 백을 흑이라고 주장하며 한 발 물러설 사람들로 보이니 필자만의 억측이기를 바랄 뿐이다.

힘 있는 자들, 많이 배운 자들, 돈 가진 자들의 횡포에 주눅 들고 희망이 없는 사람, 체제에 실망한 사람들을 이용하여 자유민주주의 정체를 부인하고 사회주의나 공산주의를 추종 획책하는 세력이 한 몫을 잡은 것도 사실이니, 대한민국이 기회의 나라인 것만은 사실일지 모르나 양심 부재에 부끄러움을 모르는 인간성 상실의 국가로 지구촌의 손가락질 대상인 것도 사실 아닌가.

자살공화국, 저출산의 나라, 양심부재의 나라 국민이 되어간다면 야만민족만도 못하다는 사실을 왜 모르는가?

이런 상황임에도 아직 확인되지 않은 아버지의 투기 의혹에 스스로 그 좋은 의원직을 헌신짝 버리듯 버리고 스스로의 도덕성을 국민에게 심판받겠다고 자신을 고발하라는 윤희숙 전 국회의원 같은 이가 있으니 희망을 걸어봄 직하지만 같은 윤 씨 성을 가진 비례대표 의원은 보호를 필요로 하는 생선가게의 주인보다 고양이가 되어 흡혈귀처럼 명예와 돈에 탐닉하고 반성할 줄도 모르는 자세로 의원직을 유지하고 있다.

더 중요한 것은 내 편이라는 이유로 그의 의원직을 유지시키는 이유가 더 궁금하다. '가재는 게편' 이라는 이유와 '나도 그녀와 똑같은 유형의 사람인데' 라는 유유상종 때문이라면 할 말이 없다.

막말과
실언의 대결

윤석열과 홍준표의 혈전이 막을 내렸다. 6.35%의 차이로 오차 범위를 살짝 벗어난 정도다. 신승이라고 봐야 할 것 같다. 단 0.1%의 승리도 승리다.

인정하기 어려워도 다수의 지지가 승리의 관건임으로 혈투를 벌였고, 그 과정에서 지지자건 유권자건 간에 얼굴을 붉히게 한 두 사람의 혀끝에서 뱉어진 말들을 우리는 실언과 막말로 프레임을 씌워 여론조사를 통하여 지지율이 등락하는 모습을 보았다.

막말은 그 뒤에 찾아올 후폭풍이거나 결과를 개의치 않는 것이고 실언 또한 해서는 결과가 좋을 것으로 예측되지 않는 말을 부지불식간에 내뱉는 것이다. 어느 쪽이든 결코 바람직하지 않지만 상대를 깎아내리려는 의도가 숨어 있었던 것은 사실이고, 이로 인하여 피해를 입힌 것도 사실이지만 기실 손해를 입은 것은 당사자이며 소속 정당이다. 물론 최선의 후보를 선택하려고 뉴스 시간 모니터에 눈과 귀를 집중시켰던 유권자들에게도 상처였으리라.

결국, 말실수 선수가 막말 선수를 이겼다면 실언보다 막말의 피해가 컸다고 이야기할 수도 있을 것이다. 이제 양당의 후보가 결정되었고, 4개월 남은 본선을 향한 총력전이 전개될 것이다. 이 또한 막말과 실언이 대결 구도로 설정될 수도 있다.

대장동 게이트의 책임 유무와 고발 사주의 몸통을 놓고 벌어질 말과 말의 대결이 자못 기대된다. 정치 신인과 정치 달인의 구도에서 선거가 끝나기 전에 밝혀져야 할 사실을 놓고 유·불리를 따져서 수사기간을 고무줄 잣대로 늘렸다 줄였다 하는 사정 기관이 있다면, 이야말로 천인공노할 역사의 죄인이며 민주주의를 파괴하는 역적 같은 존재들이다.

더구나 내로남불의 극한 상황에서 내 편에게는 한없이 자애로운 반면 상대편에게는 무자비한 세력들의 존재가 판세를 뒤집기도 한다. 이른바 댓글 세력들의 발호는 소수가 다수를 지배하는 폭거라고 말할 수도 있는 것이다.

누누이 말해 왔지만 선거는 민주주의의 축제이며 꽃이다. 다수의 정의가 될 수밖에 없는 정통성이다.

재검표를 요청하기도 하고 부정 투개표의 고발을 통하여 밝혀진 득표수는 승과 패를 겸허히 수용할 수밖에 없다. 이긴 자는 보다 겸손해야 하고 진자는 승복해야 한다. 이겼다고 자만한 모습으로 거드럭거린 당선자 재선을 본 일이 없고, 패자가 승자에게 승복하지 않고 불복하는 자 또한 미래가 없음은 역사가 증명해 준다.

하여 선거에서는 영원한 승자도 없고 영원한 패자도 없는 것이다. 표밭은 갈고 닦는 자의 소유가 된다는 것은 이제 상식이 되었고 이렇게 지역기반을 쌓은 후보는 정치생명도 길다.

　각설하고 말의 성찬은 공약이어야 하고 필요한 공약을 공약하는 후보가 당선되어야 함은 자명한 사실이나 공약은 의미가 없어진 것 같다. 좋은 공약은 내용도 모르면서 카피하는 후보들이 있고 공약을 개발하느라 힘이 든 후보들은 조직이 부실하고 지명도가 낮아서 선거 본래의 목적인 인재 발굴과는 거리가 있다는 것이다.

　한 나라의 대통령은 하늘이 내린다고들 한다. 하늘의 뜻이 대한민국의 장래를 어떻게 이끌어 갈 것인지도 하늘만이 안다. 우리 국민 앞에 후보라고 나선 사람들의 세 치 혀끝에 부화뇌동하여 하늘의 뜻과 배치되는 결과를 만들어냈을 때 이 또한 하늘의 뜻이라고 낙담할 수는 없다.

　누가 막말을 하는지 실언조차도 의도된 것인지를 가려낼 수 있는 혜안을 국민 모두가 갖게 되는 기회가 되기를 바란다. 막말도 실언도 싫다. 사람 됨됨이와 씀씀이가 바로 된 사람, 국민들의 눈물을 닦아줄 사람, 안 되면 함께 주저앉아 퍼질러 울어줄 그런 후보 어디 없나!

14

구렁이와 탱고를

– 최기복의 횡설수설

정치인들의 능글스러운 언행을 두고 하는 말이다. 표가 있는 곳에는 말이 있기 마련이다. 말의 효과는 태초로부터 우리들 감정의 견인차 노릇을 해 왔고, 이로 하여금 셰익스피어 등 인류 지상의 문호를 낳게도 했다.

나폴레옹이 알프스산을 넘으며 한 거짓말이 작금에도 회자되는 이유도 그 하나다.

'제장들이여! 이 고지를 넘으면 술과 여자가 있다.'

기진맥진, 탈진 상태의 병사들은 나폴레옹의 이 한 마디 말에 기어이 알프스를 넘었고, 그 말 한 마디는 세계 전쟁사의 어록이 되었다.

지금 대통령 선거를 목전에 두고 말 말 말과 놈 놈 놈의 대결이 한창이다. 필자의 어리석은 생각일 수도 있지만 가장 말실수를 많이 하는 후보가 가장 정직한 후보다. 남의 약점을 가장 많이 물고 늘어지는 선수가 사악하기로는 으뜸일 수 있다.

좋은 놈은 나쁜 놈의 말에 대꾸조차 잘 못한다. 더 나쁜 놈은 나쁜 놈의 약점만을 집중 공략하여 공멸의 길을 간다. 이번 대통령 선거가 이런 모습을 보이지 말아 달라는 염원이다.

대부분 그들은 말의 성찬을 통하여 상대를 집중 공략한다. 이들의 언어에는 낭만도 없고 특유의 재치도 없다. 더구나 확인된 팩트도 없다. 우리는 이들에게 무엇을 기대할 것인가.

초등학교 반장선거에서의 소견 발표장에서도 상대의 약점은 물고 늘어지지는 않는다. 남은 기간에 더 이상 국민들을 실망시키지 말아 달라.

내가 대통령이 되면 접시를 깨트리겠다는 후보가 안 보인다. 찬장 위에 있는 접시는 용도가 있음에도 용도보다 놓여 있기 위하여 자리를 지킨다. 공직사회가 그렇고 철밥통의 공무원들도 그렇다.

오래 전의 기억이지만 최병렬 전 서울시장 재직 당시 임기 중 접시를 보호하기 위하여 아무 일도 하지 않고 접시만 바라보다 임기를 채우는 선출직이거나 일반 행정직 공무원들의 무사안일을 질타한 사실이 있다.

내 임기 중 접시를 깨트리는 공직자가 나와 주어야 하고 나는 이들을 보호하겠다고 한 말이 기억난다. 당선이 목적이고 목표점이라고 해도 그 과정이 추잡하고 법망을 벗어난다면 명예는 실추되고 한국인의 정치수준은 세계적인 조롱거리로 전락될 수 있다.

비윤리적 비도덕적인 자를 우리의 대표로 선발하여서는 더욱 안 된다. 윤석열 후보를 편들고 싶지 않다. 그러나 고발 사주라는 이름으로 그를 형사 입건하여 낙마시키려는 시도는 얼토당토 않다.

예를 들어 비리혐의가 있으면 검찰총장은 그 휘하의 검사들에게 조사를 명할 수 있는 것 아닌가? 고발 사주? 참 희한한 용어다. 내가 몸져누

위 움직이지 못하는데 옆의 사람에게 범법자를 고발하게 하는 것도 고발 사주인가? 내가 하면 법도이고 상대가 하면 불법인가?

이 정권이 교체되어야 할 이유이다. 송영길 여당 대표의 궤변 또한 우리를 어리둥절하게 한다. 국민의 정권교체 열망이 한창 뜨거워지고 있는 시기, 여기에 찬물을 붓는다. 이재명 후보의 당선도 정권 교체라니? 자다가도 웃을 이야기를 거대 여당의 대표가 눈도 깜짝 않고 내보내고 있으니 이것으로 기존 정권의 유지 세력에다 이 말에 현혹된 정권교체 세력의 이탈을 기대하는 국민 무시의 발상. 그래서 구렁이와의 탱고를 춘다는 정치인들의 능글스러움을 읽게 해 주는 또 하나의 대목을 알게 된 것이다.

시간차로 엎치락뒤치락하는 여론조사의 결과에 일희일비하는 각 캠프의 후보와 지지자들 또한 정도를 가야 한다. 선택에는 정도(正道)와 정도(定道)가 있다. 바른길을 가야 탄탄대로이고 아무리 급해도 정해진 수순과 선거법을 지켜야 한다. 입을 푼다고 해서 막말의 성찬과 정치인들의 능글스러움으로 국민들이 구토를 하게 해서는 안 된다는 것이다.

정해진 여당 후보와 당당하게 맞설 야당 후보도 모두 당원과 국민의 1차 선택이다. 최종 선택 또한 그렇다. 선거가 국민적 축제로 승화되기를 기대한다.

15

저질 지도자를
선택하는 방법

언론은 나라를 망치는 역할에 최선을 다하는 기관이 되었다.

2022년 3월 9일 시행되는 대한민국의 대통령 선거는 역대 선거 중 상대방 후보나 자당 내의 경쟁자 간에 주고받고 치고받고, 되받아치는 일련의 말장난이 가장 극심한 것으로 보인다. 때로는 저들이 우리 사회를 견인해 가는 지도자적 덕목의 소유자들일까라는 의구심이 든다.

팩트는 없고 설(說)만 난무한다. 그 설을 자주 접하다 보면 설을 사실로 착각하게 되고 착각의 시각이 고정되면 착시현상을 일으키게 되기도 한다.

방송과 신문이 먹고 살기에 여유가 생긴 기관이 있는가 하면 여유가 빡빡하여 혈투에 가까운 가짜 뉴스 양산과 상대 진영 헐뜯기 경쟁에서 자신의 위상을 돋보이게 하려는 군소 유튜버나 인터넷 신문사들도 너무 많다.

언론자유를 보장해야 한다는 민주주의의 산물치고는 순기능과 역기능을 따져 보면 필자의 소견으로는 반반 정도라고 생각된다. 그들의 횡포와 후보들 간의 이해 속에 멍들어 가는 것은 국민들이다.

공영방송이라는 KBS의 경우 필자는 거의 채널을 폐쇄하고 있다. 그럼에도 수신료는 내야 하고 거기에 더하여 수신료 인상을 획책하고 있다. 그들 내부의 경영상태는 모르지만 그들 임직원의 처우와 씀씀이는 가히 상상을 불허할 만하다고 한다. 양적 팽창에 위협을 받고 있고 광고라는 전가의 보도처럼 사용하는 국가기관들의 전횡에 옴짝달싹 못 하는 언론사들의 놀음에 왜 국민은 호도되어야 하는가.

그들은 정치에 혐오감을 느끼게 하여 다수의 기권으로 조직이 우세한 기관의 승리를 유도하고 있는 것이나 아닌지? 민심의 호도나 유린이 어떤 결과를 창출해냈는지 역사 공부를 다시 해야 한다는 생각이 똬리를 틀고 있다.

더하여 더할 수 없는 후보군들의 막말이 우리를 아연하게 한다. 후보가 그렇게 없나? 형수 욕설, 끝나지 않은 여배우 스캔들, 쿠팡 화재 사건, 음주운전 전과에 대장동 게이트로 아슬아슬하게 줄타기를 하는 후보. 한때는 칭찬일색이었던 후보였지만 이제는 거세 대상이 되어 임금 왕(王)자 손바닥이 문제가 되고 항문 침 문제가 장모, 부인 문제로 세상 사람들의 입에 이름이 오르내리는 후보. 돼지 발정제, 거울 보고 분칠하는 후보는 안 된다. '지랄하는 놈은 쥐 패 버릴 수도 없고'라는 식의 막말 표현으로 조폭 군단의 수괴 같은 언어로 국민을 어리둥절하게 하는 후보. 이상의 세 후보를 향하여 약점 찾아내기에 혈안이 되고 반사이득으로 튀어 보겠다는 비교적 약점이 덜 노출된 후보들. 이들의 도덕성과 양심이 국민적 추앙의 대상이 될 수 있겠나?

그놈이 그놈인데 저런 사람에게 투표를 하느니 차라리 낮잠이나 자겠다는 사람들이 생겨나는 것은 당연하지만 이조차 노리는 세력들이 요소에 있다는 것을 필자는 강조하려 한다.

그놈이 그놈인데, 라고 기권하면 가장 나쁜 놈이 당선된다. 이는 함석헌 옹의 말씀이다. 정치인을 혐오하고 정치세력에 침을 뱉다 보면 정치를 외면하게 된다. 그 대가는 가장 저질스러운 자에게 지배를 받게 된다. 이는 플라톤의 말이다.

승자독식의 세계에서는 승자만 존재한다. 대통령 후보 군단에서 탈락한 후보들의 저질스러움 또한 가관이다. 그들을 영입한다고 그를 지지하는 세력들이 다 그를 따른다는 보장이 없다. 조용한 대기자의 자세로 스스로 성장한다는 철학도 없이 노이즈 마케팅 대열에 참가하는 모습이다.

2008년 7월에 영화 '좋은 놈 나쁜 놈 이상한 놈'이 개봉되었다. "놈" "놈" "놈"의 대결에서는 좋은 놈이 승리한다.

내년 대통령 선거에서는 좋은 놈이 보이지 않는다. 이런 경우 덜 나쁜 놈을 선택해야 한다. 덜 나쁜 놈의 기준은 결국 국민의 선택 몫이다. 기권은 가장 저질스러운 후보를 선택하는 것이고, 학연 지연 혈연의 선택은 도둑놈 심보로 선거에 임하는 일이고, 나라 팔아먹을 이완용이 같은 후보에게 투표하는 사람은 매국노의 반열에 끼는 것이다.

16

정치하는
사람들의 입

입의 기능을 보자.

말은 안 해도 살지만 먹지 않으면 죽는다. 그럼에도 저들에게는 먹는 입보다 말하는 입이 중요하다.

병원에서 죽음을 기다리는 환우에게 물었다, 대통령이 되는 것보다 더 중요한 것이 무엇이냐고. 답은 건강 되찾아 퇴원하여 집에서 걱정하는 식구들과 밥상머리 마주하여 밥 먹고 싶다는 것이었다.

이들에게는 말하는 입의 기능보다 먹는 기능이 우선임에 틀림없다.

권력이란 부자지간에도 칼부림을 몰고 올 정도로 심각하다는 것을 안다. 그러나 정통성 시비를 가릴 필요가 중요하다는 것은 역사가 증명한다. 지금 화천대유라는 급조된 회사의 퍼즐 조각들이 맞추어지고 있다. 자못 기대된다.

그동안의 예를 보건대 무죄를 주장하고 증거를 대라고 반박했던 모든 혐의자들이 우선은 법망을 피해 모면하는 것처럼 보이나 결국은 들통이 나서 영어의 몸이 되고 치욕스러운 삶으로 치부되곤 했다.

'방귀 뀐 놈이 성낸다'는 속담이 있다. 맞는 말인 것 같다. 천문학적 차익을 남긴 것이 문제가 아니라 그렇게 설계하고 시행하고 방조해서 어렵게 생계를 유지해 오는 국민 모두에게 허탈을 안겨 주고 삶의 의욕을 빼앗아간 천인공노할 세력들의 작태가 너무 뻔뻔하고 이를 눈감아 주려는 의도가 엿보이는 사정 당국의 늑장 수사가 분노를 자아내게 하는 것이다.

대통령 후보라고 지칭되는 자들의 공격과 방어가 계속되는 동안 양극화의 늪은 점점 깊어지고 국민 분열의 열도는 더 뜨거워진다. 네 편 내 편이라는 구도 자체가 모순이라는 것을 깨닫는 국민보다 선거 때만 되면 이성이 마비되는 사람들, 이런 사람들을 교묘하게 이용하는 정치고수들의 수 싸움 속에 멍들어 가는 국민감정은 아랑곳하지 않는다.

청와대는 무엇 하는 곳이냐? 주적을 적이라고 부르지 못하고 한강에서 뺨 실컷 맞고 여의도에 와서도 눈 한 번 흘겨보지 못하는 대북관계의 어이없는 상태에서 어정쩡한 상태로 북한의 눈치나 보며 정권유지에 혈안이 되어 내 편이라는 이유로 천인공노할 국민 범죄를 눈 가리고 아웅한다는 말인가.

이럭저럭 시간을 벌어 대통령이 된다면 그 범죄의 실상이 영원히 가려질 것이라고 생각되는가? 국민은 한 번 어리석지 두 번 어리석지 않다. 아무리 언론을 매수하고 극렬분자들을 포진시켜 흑을 백이라 주장해도 퍼즐조각이 맞추어지면 백일하에 드러날 범법사항을 대통령 선거 전에 국민들 앞에 소상하게 밝혀야 한다.

꼭 야당의 주장에 동조할 필요도 없다. 지위 고하를 막론하고 네 편

내 편 가리지 않고 명명백백하게 수사하여 국민의 의혹을 풀어야 한다. 국민을 위해 봉사한다는 캐치프레이즈가 무색하고 민망하지 않은가.

복마전으로 둔갑한 국회의사당의 입들과 청와대의 입들, 대통령 하겠다는 입들이 하나같이 자신의 잘못보다 상대의 잘못을 침소봉대하여 하나의 진실은 열 번의 거짓말로 호도하고, 열 번의 거짓말은 하나의 진실을 백 번쯤 되뇌게 하는 공산주의 수법으로 세상을 현혹하고 있지 않은가?

누가 더 큰 도둑놈들을 양산하는가? 꼭 해야 할 말이 있음에도 침묵하는 청와대는 왜 존재해야 하는가? 청와대는 입이 없는 것인가? 국민들은 두 눈 똑바로 뜨고 지켜야 함에도 우선 주는 떡밥에 두 눈이 실명의 위기를 치닫고 있다. 저들의 날조된 거짓말을 선거라는 바늘로 꿰매 버려야 한다.

17

그 나물에
그 밥

　여야가 대통령 후보들을 내놓고 샅바 싸움을 시작했다. 개인적으로 나무랄 데 없는 후보들이다. 더하여 그들은 대한민국의 내로라하는 권력집단 출신이고 출신성분이야 어떠하든 정치권의 주목들을 받고 있다.

　인간은 묘하게도 권력 지향적 성향을 가졌다. 특히 충청도는 양반 출신이 많다는 이유로 하여 특히 심하다. 이를 교묘하게 이용하는 것이 정치권 사람들이다. 도지사가 평균 일주일에 한두 번씩 자신에게 전화를 한다든가 국회의원이 자신의 사무실을 방문한다는 등의 허풍스러운 자기 과신을 통해 자신의 위상을 높여 보려는 자기최면의 일면이다.

　필자의 경우 대전에서 새해 문안 세배를 여러 번 다녀갔다고 허풍을 치던 사람을 우연한 기회에 만나게 되었다. 필자를 만난 적이 있느냐고 묻자 사진에서 본 것 같다고 했다. 제가 어르신에게 새해 문안 세배를 여러 번 갔다고 하신 적이 있느냐고 묻자 얼굴을 붉힌다. 필자하고 친함을 과시해 보고 싶었다고 한다. 악의든 호의든 해프닝이다.

후보 중 한 사람이 충청권을 방문하겠다고 사람을 모아줄 수 있겠느냐는 연락을 받았다. 오래 전에 지나치면서 악수 한 번 나눈 인연이다. 필자는 그를 기억하지만 그는 필자를 기억하지 못할 것이다. 어떤 지인을 통해서 지지를 부탁한다는 전화를 받았다. 존경하던 사람이다.

그들은 이렇게 지지세력을 모으고 형성한다. 선거가 끝나면 그래도 지지했던 사람에게 감사 인사라도 기다려 보는 것이 상정일지 모르지만 속들 차리고 생업에 열중하면서 자신의 책임과 의무를 다하면서 그들의 친절은 외면해야 한다.

선거 선심이라고 밖에 치부할 수 없는 코로나 정책자금이라도 잊지 말고 받아 챙겨야 한다. 누군들 대우받고 싶은 생각이야 없을 수 없지만 선거 때 정월 초하루처럼 인사 잘하는 후보치고 정책이나 공약이나 철학을 갖춘 야무진 후보를 본 일이 없다. 평소 때 잘하라는 이야기를 저들도 잘 안다. 그렇다고 인사를 받지 말라는 이야기는 아니다. 눈을 똑바로 뜨고 잘 선택하라는 말이다.

필자의 소견으로는 문재인 정권은 득보다 실이 많고 그런 이유로 정권은 바뀌어야 당연하지만 지금 야당의 하는 짓이나 처신을 보면 도로 아미타불이다. 이들이 오죽했으면 정권을 빼앗겨 버렸겠느냐는 것이다. 그리고도 정신을 못 차리는 위인들이 노력보다 네거티브나 상대방 약점을 물어뜯으며 반사이득이나 노리는 모습으로 국민들에게 신선한 충격을 줄 수 있겠느냐고 저들에게 묻고 싶다.

국민들은 변화를 요구한다. 보수가 수구로 원점 회복을 하거나 진보가 급진세력으로 친북정권으로 선회하는 것을 원치 않는다. 대통령 선거에서는 51:49로 당선자와 낙선자의 차이가 1% 내외가 되어 당선자에게는 책임을, 낙선자에게는 희망을 주는 투표로 국민 무서운 것을 일깨워 줘야 한다.

내 편은 보호받고 네 편은 감옥으로 보내야 하는 것이 정의인가? 잘못하면 그 나물에 그 밥으로 전락하는 것이 불을 보듯 훤하다. 더구나 새로 선출된 대통령 임기 5년 동안 현행 국회의원 임기가 절반이다. 그 나물에 그 밥일 수밖에 없는 여건은 충분하고도 주리가 남는다.

여당이 당선되면 지금보다 더한 전횡과 독주가 지속될 것이며, 야당 쪽 후보가 당선되면 2년 반 동안 다리 걸고 넘어지기는 계속될 것이다. 변화가 절실하게 요구된다.

신선한 변화는 국민들의 투표가 만들어 낸다. 아프간 사태를 타산지석으로 삼고 지금의 코로나19를 정략적으로 이용하지 말라. 제 잘못을 상대방 탓으로 돌리며 치고 빠지는 못된 버르장머리를 고쳐야 한다. 이대로 가면 저출산·고령화 사회, 인구 제로의 나라가 된다.

보고 듣는 것이 패륜 살인이고 패역 범죄다. 누구의 책임인가. 대통령은 아무나 해서는 안 되지만 특히 비윤리 비도덕적 인사는 배제되어야 한다. 인간은 누구도 잘못 할 수는 있으나 그 심성이 피폐하고 패악에 젖어 있는 자는 가려내야 한다. 그 나물에 그 밥을 노리는 자들은 정치 꾼들이다. 걸러내야 한다.

18

대통령 후보들에게
묻는다

여주경찰서 소관, 수사 중이라는 사건이다.

4명의 10대 중학생이 60대의 할머니를 꽃으로 때리며 욕지거리를 하는 모습이 CCTV에 찍혔다. 이유인즉 직접 담배를 살 수 없는 나이여서 담배를 대신 사달라고 하다가 이를 거절하자 꽃으로 할머니를 네 차례나 때렸다는 것이다.

어린 나이에 담배를 피우는 것만으로도 불량 청소년으로 치부되겠지만 폭행이나 폭력이 이루어질 수 있다는 사실만으로도 우리는 아연할 수밖에 없다. 세상에는 별의별 짓들이 다 생긴다. 그 짓을 지켜보면서 분노하고 허탈해 한다. 그들에게 부모도 있고, 학교에 스승도 있을 것이다.

소녀상이 무엇인지, 어떻게 만들어진 것인지 모를 리 없다. 모른다면 부모의 잘못이고, 선생님의 잘못이다. 그들의 행위가 잘못된 행위라는 것도 모를 리 없다. 4명이라는 이유로 집단 폭행이라는 부분에 대하여 군중심리로 괜찮을 것이라는 막연한 범죄심리 때문에 우쭐하는 마음으로 할머니를 때렸을 수도 있다고 가정해 보자.

이들을 이렇게 만든 책임은 1차 부모, 2차 스승, 3차 사회다. 정신대 할머니들의 한과 역사의 상징으로 만들어 놓은 소녀상이 놓여 있는 꽃이 폭행의 도구로 사용되는 어이없는 사건을 대통령 후보들에게 재발 방지에 대한 대책을 묻고자 한다.

장소를 가리지 않고 문명의 이기라고 만들어진 휴대폰 카메라로 남몰래 여성의 신체 부위를 촬영하는 사람들이 그 짓을 할 수 없도록 대안이 있는지를 묻고자 한다. 이유 없는 타살, 명분 없는 폭행, 분노 조절장애 환자들의 속출, 그 원인은 무엇인가.

젠더 갈등이라고 표현하기에는 거시기한 페미니즘의 현상, 군기를 생명으로 하는 대한민국의 3군 육·해·공군 여성 부사관들의 자살이 이이상 생기지 않게 할 대안은 무엇이냐 묻고 싶다.

선출직 고위 인사들의 성범죄, 입만 열면 자신의 눈에 대들보는 보지 못하면서 상대 눈의 티끌만을 탓하고 게거품을 무는 당신들의 모습에서 국민들은 무엇을 배워야 하는지를 알려 달라.

아프간 사태가 우리에게 주는 교훈은 무엇인가?

국민 정서를 내로남불로 만들어 인간이기보다 사악한 이기주의자로 전락하게 한 책임소재와 그 처방을 묻고 싶다. 예산은 수반되지 않은 채할 수 없는 일을 해내겠다고 하는 거짓말에 속아 넘어가는 이유는 분별 능력도 부족하지만 몇 푼의 돈이거나 쌓인 감정에 부화뇌동하는 당신들의 기술이 출중해서다. 알고 넘어가고, 모르고 넘어가는 것임을 당신들은 더 잘 알고 있다.

참모회의나 선거꾼들로 하여금 새로운 테크닉을 개발하고 치고 빠지는 언론을 교묘하게 활용하는 것이 선거승리의 관건임을 당신들은 꿰뚫고 있다. 이 나라가 어떻게 여기까지 왔는지를 역사까지 부정하는 일단의 무리도 대통령이 되겠다고 헛소리를 해대는 처참한 현실이다. 왜 그 어려운 자리를 하겠다고 허점과 모순이 탄로나 추락할 수도 있음을 경고한다.

자리에 욕심낸다고 하여 다 이루어질 수는 없음을 알려주는 최근의 사례는 많다. 권력이 하늘을 가릴 수는 없음을 알려주는 교훈이다.

충청지역이 정치세력의 부재함을 알고 있다. 그 또한 당신들의 작품이다. 여기서는 이 말, 저기 가서는 저 말로 충청 민심을 유린하지 말라. 인성(人性)은 신성(神性)이다. 먼저 사람이 되고 대통령이 되라. 그리고 모범을 보이는 교육자가 당신임을 몸으로 보여 달라!

19

드루킹 사건을 통하여 본
문재인 정권의 정통성 시비

현행 선거법에서 금고 이상의 형이 확정되었거나 백만 원 이상의 벌금이 확정되면 당선자는 현직에서 물러나야 하며 범죄자 리스트에 탑재되어야 한다. 선거운동 요원 중 직계 가족이거나 선거사무장이 저지른 선거범죄의 경우도 중한 처벌을 받아야 하고 정도에 따라서 당선이 무효화 되어야 한다.

2021년 7월 26일 드루킹 댓글 사건으로 2년 형을 받고 그 죄가를 치르기 위하여 창원교도소로 향하며 지지자들에게 손을 흔들고 부인과 포옹을 하며 결백의 주장을 일갈하는 김경수 경남 도지사의 모습은 보는 이를 아연하게 했다. 마치 개선장군처럼 당당하고 득의양양한 모습은 어디서 나오는 것일까?

그는 문재인 정권의 정권 창출에 일등공신이다. 드루킹 댓글 사건의 원흉에게 그 대가로 일본 영사 자리를 천거할 수 있는 정권의 실세이다.

김경수 도지사는 어떤 위치에 랭크되어 있는가를 되짚어 보자. 행정부의 수반으로 전권을 손에 쥔 무소불위의 대통령 권력을 등에 업고 있음을 부정할 자가 있는가? 국회 3/5 의석을 석권한 입법 권력의 정당을 등에 업고 있음은 누구도 부정할 수 없다.

촛불정권의 주체가 되어 탄핵의 칼자루로 문재인 정권의 탄생에 큰 몫을 해낸 사법부가 누구 편일까를 물어본다는 것은 어리석음의 소치일 것이다. 하물며 길들여진 언론과 이 정부로 하여금 대폭 그 위상이 높아진 경찰은 과연 중립적 위치에서 사심 없이 본연의 업무를 국민 편에 서서 수행하고 있을까? 고개를 갸우뚱할 수밖에 없다. 헌데 그는 결국 2년의 실형을 받았고 교도소에 수감되었다. 함에도 그를 지지하는 사람들은 그가 억울하다고 목소리를 낸다.

만약 그가 아닌 우리 같은 서민이었을 경우를 대비해 본다. 1심 이후 보석으로 출소될 수 있었을까? 저토록 기고만장하면 괘씸죄를 적용, 더 혹독한 과정의 재판 과정을 치렀을 것으로 미루어 짐작이 된다.

최종심인 대법원 판결의 결과를 겸허히 받아들일 줄 모르는 모습은 어딘가 믿는 구석이 있어서가 아닐까? 모두가 내 편인데 오죽하면 이런 결과를 도출해 냈을까를 생각하며 그동안 고생한 특별검사팀과 1심, 2심, 3심의 검사 판사 변호사들에게 미안한 감정이거나 감사한 마음은 추호도 없는 것 같다.

우리시대의 극심한 내로남불의 장면을 연출하고 있기에 그 모습은 감히 목불인견이다. 더구나 동료 소속 서울시장, 부산시장, 충남지사에 이어 문재인 정권의 핵심 인사들이 줄줄이 연이어 죽음으로 혹은 감옥으로 가고 있는 현상을 무엇으로 설명해야 하나? 잘못 선택한 국민들은 혀를 깨물고 후회하고 있지만, 다음 선거 때를 기다리며 참회의 늪을 헤매고 있는가 하면 기고만장하여 내 편이라는 이유로 무조건 용서하고 눈을 감아야 한다는 반대세력이 존재하여 갈등을 증폭시키고 있다.

여론조작은 부정선거다. 1등 참모의 실형은 이를 입증해 주는 증거다. 부정선거로 당선된 대통령은 그에 응당한 처벌을 받아야 한다. 대한민국에서 부정선거로 당선된 대통령을 법정에 세울 사직당국의 검사가 없다는 것은 법치국가가 아님을 웅변으로 설명해 주는 것이다.

대통령을 법정에 세우는 것은 법은 만인 앞에 평등한 것임을 만천하에 알리는 것이며, 법치국가로서의 위상을 재정립하는 것이다. 누구든 부정선거로 당선한 자는 법의 심판을 받아야 한다.

대통령이라 할지라도…, 32번째로 선진국가 반열에 올라선 대한민국의 진정한 위상을 선보일 찬스가 될 것이다. 대내외적으로 신선한 충격이 될 것이다. 짜증나는 정치뉴스에 게거품을 무는 종편들은 왜 이런 소리를 겁내 할까? 코로나 정국에 겹쳐 매일 살인적 더위로 살맛을 잃어가는 국민들 입장에 서서도 시원한 톱뉴스가 될 거라는 생각이다.

20

대통령이 뭐길래

– 후보 때는 머슴이고 당선되면 제왕

인간의 역사는 만남과 이별의 윤회다. 우리는 어느 부모에게 태어나느냐가 남은 삶을 영위해 감에 있어서 결정적인 관건이 된다.

산다는 일은 먹고 자고 일하면서 누가 되든 롤모델을 필요로 하기도 하고 때로 누구처럼 타락한 삶을 살지 않을 것이라 혐오의 대상을 멀리하는 것을 삶의 방편으로 삼기도 한다. 하여 태어나서 죽을 때까지 우리는 누군가를 만나야 하고 죽음이 갈라놓을 때까지 이별은 계속된다. 결국, 죽음은 모든 것과의 결별이 된다. 생(生)과 존(存)은 부모와의 만남으로 시작되고 결별(訣別)은 그 모든 것과의 끝을 의미한다.

그렇기 때문에 결과를 향하여 질주하지만 그 목적과 결과가 아무리 소중해도 과정이 잘못되었으면 소중한 결과나 이루어진 목적에 대하여 회의적일 수밖에 없다. 과정을 중시하는 이유도 여기에 있다. 청사에 남길 업적을 쌓았다손 부정선거로 당선된 대통령이라면 이는 당연히 제책 사유를 갖게 되고 탄핵의 대상이 되어야 한다.

필자는 대한민국 헌정사에 나타난 대통령 중 박정희 대통령을 가장 존경한다. 그에게는 결정적인 과오가 있다. 일본 군관학교 시절 조센징 사냥에 결기를 보였다는 것과 정권 연장을 위하여 유신이라는 망령을 덧씌웠다가 부하의 흉탄에 세상과의 결별을 맞이할 수밖에 없었던 비운이다.

쿠데타를 불러오게 된 동기는 개인적인 이해로 정당을 사당화하고 국가라는 공동체를 운영함에 있어 권력에 눈이 어두웠던 정치판의 쓰레기들이 3.15 부정선거로 4.19 학생 의거를 불러일으켰고, 청년 학생들의 핏값보다 권력의 사슬로 상대를 묶어 반신불수를 만들려는 여당·야당 간의 권력 다툼에 멍들어 가는 조국에 대하여 이를 볼 수도 없고 견딜 수도 없어 칼을 빼 들을 수밖에 없는 당위, 즉 합당한 구실과 명분을 자아내게 했던 점을 수긍할 수밖에 없다.

당시 한국은 민주주의를 운위할 자격이 없다는 국제적 중론도 한몫했다. 한국에서 민주주의를 구하는 것은 쓰레기통 속에서 장미를 구하는 것과 같다는 표현이 바로 그것이다.

내년 3월 9일은 대한민국의 대통령 선거다. 어찌 그리도 역사 속의 당쟁 사화를 일으켜도 손색이 없을 만큼 선동과 허언으로 민심을 이완시키고 상대에게 치명타를 입힐 선수 양산과 입들을 총동원하여 없어도 그만인 언론들에게 재갈을 물리는지 아연실색할 일이다.

후보들 또한 그 나물에 그 밥이다. 책임에는 법적 책임과 도덕적 책임이 있다. 우리 사회를 살면서 오래된 자동차 흠집 안 생길 수 없듯이 실수할 수 있고 실패할 수 있다. 국민들은 살기에 바쁘다는 이유로, 손해 보고 살지 않으려는 이유로, 내로남불이 되어가고 있지만 마음속으로 나는 그래도 내가 뽑을 대통령은 완전무결한 인격과 탁월한 지도력과 애국심으로 뭉쳐진 인재이기를 바란다. 대통령에 대한 국민적 로망이다.

실수를 인정하고 대국민 사과를 할 수 있는 대통령, 솔직한 사과를 통하여 용서를 구할 수 있는 대통령이 우리에게 필요하다. 제가 혹시 바지를 한 번 더 내릴까요? 질문자는 여당 내 같은 후보군이고, 이에 응수한 유능한 후보의 꼴불견 토론에 박수를 치는 네 편과 내 편의 호응자들, 쓰레기통에는 버려진 장미 외에는 찾을 것도 찾아볼 것도 없다는 웅변이다.

대통령은 국민의 충직한 심부름꾼이다. 정직하게 일 잘하는 머슴을 두고 그를 잘 부릴 줄 아는 국민이 일등국민이다. 개발도상국에서 32번째 선진국의 반열에 서게 되었다. 법이 있으면 무엇 하나. 무시하고 피해 가고 마음에 안 들면 고쳐서 더 못쓰게 만들어 남루한 걸레를 만들려는 위정자들을 먼저 정리해야 한다. 현행 제왕적 대통령제를 고치려 하는 척하면서도 과감하게 손을 대지 않는 이유가 무엇이겠나? 혹여 잡으면 한몫 잡고 튀려는 심보 아니겠나.

대통령이 뭐길래? 후보 때는 머슴이고 당선되면 제왕인지….

21

정치사에 남을
법무부 장관의 검찰 인사

박범계 검찰총장의 검찰 인사가 끝이 났다. 누구도 단독으로 이루어진 인사라고는 생각지 않는다. 청와대의 입김과 정부 여당의 입김이 작용했으리라는 것은 정치의 문외한들도 거의 알 것이다. 혹시나였지만 역시나 기대를 벗어나지 못했다. 현 정치권의 의혹을 벗기려 했거나 국민들이 기대를 걸었던 권력의 비리에 칼을 대고 있던 검사들은 전부 수평이동이거나 좌천이라고밖에 볼 수 없는 한직으로 발령이 났다. 아예 수사를 못하도록 절단 내 버렸다.

검사라는 직책은 그 자체가 기관이다. 기관은 법률에 의하여 존치되어야 하며 여하한 상위법으로도 흔들지 못하도록 되어 있고 흔들려서도 안 된다. 검사 동일체 원칙이란 전관이 수사하는 사건을 계속 수사해야 하는 것임에도 사람을 바꾸어서 그 수사를 흐지부지하게 하거나 아예 지우려고 시도하고 있다. 이를 두고 우리는 하늘을 손바닥으로 가리려 하고 있다고 말할 수밖에 없다.

　필자가 선거법 위반으로 대전지검에서 검찰조사를 받을 때 6개월여에 걸친 참고인 신문을 당한 일이 있다. 당시 김○현 검사가 혼잣말처럼 중얼거린 일이 있다. 사람 하나 가두어 넣기가 이렇게 힘이 들 줄을 몰랐다고 했다. 당시 변론을 맡았던 명○식 변호사, 이 사건에서 손을 떼고 싶다고 했다.

　당시 전국 광역시도 단위 후보자 중에서 검찰의 위상 존립을 위해 누군가 제물을 찾으라는 상부지시 때문에 먹잇감이 되어 버린 필자는 3심제에 의한 대법원까지 항소를 했음에도 1심의 형량이 굳어진 채 저들에게 회심의 미소를 안겨준 일이 있다.

　하여 검찰에 대한 개인적인 감정과 형을 살고 있는 동안의 분노는 살아 있음이 원망스러울 정도였다. 그런 검찰이 개혁을 통하여 다시 태어나기를 기다렸지만, 지금의 문재인 정권의 검찰 개혁이라는 화두는 마지막 악수가 되어가고 있다. 그럴 바엔 조변석개하여 아침에 법을 만들고 저녁에 스스로 무력화시키고 국민감정과는 아랑곳하지 않고 만들어내는 악법처럼 검찰을 없애는 법을 만드는 것이 차라리 낫지 않을까 생각해 본다.

　권력의 사냥개가 되어 짖다 보면 잠시 나르시시즘에 도취되어 볼 것을 보지 못하고, 봐서는 안 될 것에 침을 흘릴 수는 있으나 정권의 생리에 의해 결국 토사구팽의 대상이 되어 복날의 개가 되기도 하고, 다음 정권에 의해 똑같은 전철을 밟아야 한다는 것, 그 다음 자자손손 이완용처럼 역사의 입에 회자된다는 사실을 왜 기억하지 못하는가.

　법을 공부하여 장관이 되고 검찰총장이 되는 이유가 역사의 입에 회자되는 토사구팽의 개신세가 되기 위해서 한 것은 아니지 않은가? 잠시 살기 위하여 영원히 죽는 것을 택하는 어리석음을 선택한다는 것이 시대의 사조가 되어 버린 상황에서 자기 소신과 철학을 지닌 윤석열 전 검찰총장이나 최재형 감사원장의 원칙 있는 소신과 발언은 그나마 국민적 위안이 되고 있는 것이다.

정권의 꼭두각시가 되어 있는 여당의원이 300석 중 186석이다. 이 판에 어떤 대통령이 나와 정권이 바뀌어도 균열과 잡음 속에 개혁과 쇄신이라는 화두는 물거품이 되고 지금보다 훨씬 더한 승냥이 떼의 먹이판으로 둔갑될 정국이 우려된다.

지난 4.7 보궐선거에서 보여준 따끔한 국민의 회초리를 통해서 여야 간 정신 못 차리는 위정자들을 걸러내고 솎아내야 한다. 윤석열을 대통령 후보로 키워준 1등 공신 추미애 전 법무부 장관은 전 노무현 대통령 탄핵에 앞장서고 난 후 3보 1배로 잘못을 사죄한 후 정계를 떠날 줄 알았는데 이제 문재인 정권의 수뇌가 되어 윤석열의 저격수를 자임하였다.

몇 명이나 되는지 모르지만, 열혈 친문세력의 함성에 귀가 멀어 철천지원수로 여기는 윤석열을 대통령 만드는 데 1등 공신으로 역사에 기록될 일이 기대된다. 한 치 앞을 내다보지 못하지만 대통령 선거를 위한 카운트다운은 시작되었다. 오늘 청와대는 반부패 비서관으로 임명되었던 김기표를 퇴임시켰다는 보도가 접수되었다.

많이 달라지긴 했다. 옛날 같으면 끝까지 물고 늘어졌을 텐데, 그러나 문재인 대통령은 북한의 김정은을 여전히 정직한 지도자로 추켜올리고 있다.

22

정치아카데미
수강생의 외침

가을 하늘 눈부시다. 계절이 지나가는 어귀에서 밤마다 벌레들의 노랫소리 자지러진다. 들녘마다 무더운 여름의 골짜기를 성실하게 살아낸 곡식들이 결과물을 과시하면서 추수를 기다리고 있다. 대조적으로 이렇다 하고 내보일 것이 없는 빈손을 쥐었다 펴고 의기소침해졌다.

충청창의인성교육원에서 정치아카데미를 개강한다는 소식을 접했을 때 주저 없이 수강을 신청했다.

필자는 평소 '문학을 사랑하고 문학에 의한, 문학을 위한, 문학을 위하여' 살겠다고 주창해 왔다. 필자에게서 문학을 제하면 사는 이유를 앗아가는 것과 다름없다고 역설했으나 매너리즘의 늪에 빠져들고 있는 자신을 발견하고 발을 동동 구르고 있었다.

길을 걷다가 작은 꽃을 발견하면 휴대전화를 열어 사진을 촬영했다. 가을밤 하늘에서 바람에 스치는 별을 찾고 외마디 탄성을 지르면서 전율했었다. 그러나 어느 샌가 탄성이 사라지고 무덤덤하게 굳어가는 자신을 보았다.

그런 필자에게 충청창의인성교육원의 정치아카데미는 구원의 탈출구와 같았다. 비상을 꿈꾸는 번데기에게 아름다운 날개가 되리라 믿어 의심치 않는다. 정치아카데미에서 선거에 대해서, 정치에 대해서, 헌법에 대해서 분명하고 곧은 길을 제시하겠다고 했다.

정치인들에게는 바른 리더십으로 재무장하는 기회가 될 것이며 유권자에게는 알 권리를 충분히 제시할 수준 높은 교육이 될 것이라고 했다. 정치아카데미 강의 계획서에 있는 쟁쟁한 강사진들을 통해서 확신할 수 있었다.

첫 강의가 있던 9월 25일 개강식이 있었다. 충청창의인성교육원 최기복 원장은 정치(政治)의 용어를 풀어 설명했다. "정(政)자를 보면 바를 정(正)과 채찍질할 복(攵)으로 이루어졌다. 정치(政治)란 '비뚤어지고 어긋난 것을 메로 쳐서 바르게 펴는 것'이다. 누가 메로 칠 것인가. 우리나라 헌법 1조 1항은 대한민국은 민주공화국이다. 2항은 대한민국의 주권은 국민에게 있고 모든 권력은 국민으로부터 나온다"라는 간단한 상식조차 모르는 사람들이 많다고 했다. 최 원장은 유권자의 손에 채찍이 들려 있다는 것을 재차 강조했다.

또한 최 원장은 승리하는 선거를 위한 테크닉을 자신 있게 제시하겠다고 했다. 본인이 직접 뛰어들었던 국회의원 선거와 대통령 선거 선대위원장을 역임했던 화려한 정치 이력을 강조했다. 정치아카데미에서 조선시대 문예 부흥을 이루었던 성군 정조대왕과 든든한 조력자 다산 정약용의 목민 리더십을 갖춘 이 시대의 진정한 정치인을 찾아내겠다고 했다.

최 원장은 주권과 권력을 가진 유권자를 향하여 따끔한 일침(一針)을 놓았다. 말로만 주권과 권력을 가진 주인이라고 하면서 선거에 대해, 헌법에 대해, 정치에 대해 문외한(門外漢)이 아닌가. 정치를 국민이 비뚤어지고 어긋한 것을 채찍질해서 바르게 펴는 것이라고 한다면 국민부터 정치에 대해서 똑바로 알고 직시해야 하는 것이 아닌가! 필자는 부끄러움에 전율했다.

첫 강의에서 다산에게 배우는 지방정치와 목민 리더십(牧民心書를 중심으로)에 대해서 알게 되었다. 중앙정치는 국가의 안정성과 균형성에 중점을 두고 지방정치는 중앙정치에 포커스를 맞추어야 한다. 정치란 바르게 하는 것이다. 백성을 고르게 하는 것이어야 한다. 다양한 이해관계를 조정하는 화해의 기술이다.

목민 리더십이 필요한 이유는 문화의 시대에 맞는 한국적 리더십이 요구되기 때문이다. 남귤북지(南橘北枳; 남쪽의 귤이 북쪽에 가면 탱자가 됨)가 아닌 공의로운 마음으로 듣고 오직 나라와 백성이 잘 되는 방향으로 가는 것이어야 한다. 목민정신은 현대 리더십의 흐름에 연계하는 한국적 리더십의 최적화 모델이다. 다산 한 사람에 대한 연구가 조선의 흥망성쇠(興亡盛衰)에 대한 연구라고 강조했다.

다산의 목민정신(牧民精神)의 배경은 바로 정조대왕이다. 정조대왕은 하루 두 끼만 드시고 비단옷을 입지 않고 근검 정신으로 백성을 사랑했던 성군이다. 다산과 정조대왕의 관계가 바로 수어지교(水魚之交)였다. 다산이 정조대왕에게 몸소 체득한 목민 리더십이 현시대 정치인에게 요구되는 이상이라고 했다.

강사는 수강생들이 스스로 공부하기를 바란다고 한다. 일례로 서울 집값이 천정부지(天井不知)로 치솟고 있는 작금에 젊은이들이 직장생활을 하여 서울에 집을 마련한다는 것은 거의 불가능한 현실이 되었다. 당을 막론하고 사람을 보고 투표를 해야 한다. 적어도 정치인이라면 목민심서를 배우고 목민 리더십으로 겸비된 사람이어야 하고 유권자는 그런 정치인을 선택해서 나라의 미래를 맡겨야 한다.

애플사를 창건한 스티브 잡스가 '소크라테스와 오후를 함께 할 수 있다면 애플을 바치겠다'라고 한 말을 인용하면서 가치 있는 사람이 얼마나 중요한지 역설했다. 정치아카데미 첫 강의를 수강하고 벅찬 감동을 주체할 수 없다.

다산의 목민 리더십으로 무장된 정치인을 색출할 수 있는 안목을 갖게 되었다. 쳇바퀴 돌리는 다람쥐처럼 일상에서 어휘를 끌어 모아 글을 쓰고 있었다. 우물 안에 들어앉아 테두리에 갇힌 하늘만 볼 수 있었던 개구리가 과감하게 우물을 뛰쳐나와 더 넓고 깊고 크고 넓은 하늘을 보게 되었다.

정치아카데미는 새로운 잣대가 될 것이다. 정치가는 목민 리더십을 겸비하고 유권자의 주권과 권력에 벌벌 떨어야 할 것이고, 유권자는 권리를 바로 알고 당당하게 권력을 행사해야 할 것이다. 차기 정치인을 선택할 때 목민 리더십을 알고 있는지, 국민의 권리와 권력 앞에 읍소하는지 두 눈 부릅뜨고 지켜볼 일이다.

충효의 고장 충청도

> 충효의 고장, 충청이 살아야 나라가 산다!
> 역사는 말한다
> 충청도는 한반도의 중심을 꽉 붙잡고
> 한 번도 흔들린 적 없다
> 국가가 위기에 처할 때마다 뜨거운 애국의 불길로 타올랐던
> 충신열사들의 희생이 바람 앞에 놓인 국가를 지탱해 왔다
> 그 선조들의 뜨거운 피가
> 오늘 우리들의 혈맥을 타고 흐르고 있다!
> 충청도 사람들을 핫바지라 한다
> 아무렇게나 취급해도 입 다물고 있는 사람들
> 이런 뜻으로 충청인을 모욕하고 있다
> 선조들의 역사 앞에서 고개를 들 수 없다
> 후예들에게 치욕스러운 이름을 물려줄 수 없다

1

충청권의
영광을 위하여

오늘 참으로 참담한 심정으로 충청남도 도지사 예비후보 등록을 마쳤습니다.

100세 시대라고는 하지만 70대 중반의 나이에 먹고 살기도 힘들고 그나마 만들어 놓은 소일거리마저 정리하고 사즉생의 각오로 충청남도 도지사 예비후보로 등록을 마치고 본선거를 준비합니다.

삶의 마지막 지평에서 노을을 바라봐야 할 나이라고 생각했습니다만 아직은 운전도 직접 하고, 글도 직접 쓰고, 강단에서 강의도 직접 하며 인성을 선양하고 도덕 재무장운동을 하고 있습니다.

이제 지나온 세월을 정리, 충청권에 새로운 정치세력을 태동시켜 대한민국 정치판에 영호남 정권이 대한민국을 유린하고 있는 현실에 도전장을 냅니다.

우리는 대통령 당선인이 충청권 대망론에 불을 붙여줄 것을 기대하였습니다. 그러나 그 기대는 난망한 것이 되었습니다. 충청권 현역 의원들의 비겁한 모습에 실망하였습니다. 촛불 바람 타고 싹쓸이한 지자체 선거직 공무원들의 아귀다툼에 충청인들의 자존심은 멍들어 있습니다. 이대로 가면 영호남 세력의 영원한 하수인이거나 시녀로 전락될 수밖에 없습니다.

윤석열 당선인의 취임식도 하기 전에 여소야대의 정국은 단말마 같은 기류에 휩싸여 서울 도심은 시위의 천국으로 변화되고 있습니다. 과거 4.19 학생혁명 이후 데모 천국이 되어 하루도 조용할 날이 없었습니다. 이유로 하여 박정희 군부가 쿠데타를 일으켰고 정권유지를 위한 영호남 편 가르기가 시작되었습니다. 이제 군부의 혁명이 아니라 충청의 혁명을 공개적으로 시작하겠습니다.

승복은 없고 여소야대의 정국에 서울 도심은 아수라장이 되어 진보와 보수라는 대립 감정의 도화선에 불을 붙여 코로나로 얼룩진 민심이반에 추가하여 안정을 해치고 있습니다.

제사에는 뜻이 없고 잿밥에만 눈독을 들인 후보자들 또한 공천경쟁에 뛰어들어 공천은 당선이라는 등식 속에 민심을 꼬이기 위한 온갖 추태를 보이고 있습니다.

계백 장군, 김시민 장군, 이순신 장군, 김좌진 장군, 이범석 장군을 비롯 윤봉길 의사, 유관순 열사, 조병옥 박사, 이동녕 선생에 이르기까지 충신열사의 혼과 선비정신으로 무장되어야 할 충청남도가 역사교육은 없고 정치적 미래도 없어지고 있음을 솔직하게 시인하여야 할 때입니다. 이를 인정하고 동시에 대안을 제시해야 합니다.

그 대안은 불초 최기복을 통하여 새로운 충남 복지, 자존심 갖춘 충남으로 거듭 태어나야 합니다. 저들 영남 정치세력과 호남 정치세력에 옳고 그름을 판가름할 칼자루 세력으로 부상시켜 이 나라 정치세력의 중심에 서야 합니다.

각종 비능률 비효율을 제거하고 효과가 측정되지 않은 소모성 비용을 과감하게 정리하고 상대적 피해를 줄여 복지 충남의 면모를 새롭게 재구성해야 합니다.

충청권 인구가 호남권 인구보다 30만 이상이 많습니다. 땅도 넓습니다. 국회의원 숫자가 지금 3석이 적습니다. 인구 30만이면 의원 2석입니다. 토털 5명의 의석을 찾아와야 합니다.

이는 도민 여러분의 자포자기와 공천권자의 눈치 살피기에 급급한 비겁한 정치인들 때문입니다. 어려운 싸움임에도 거대 양당의 후보와 한판 승부를 겨루고자 충청권 후보를 자임하고 끝장을 볼 심산으로 사즉생의 결단을 내렸습니다.

영남당과 호남당의 하녀노릇에 길들여진 정치권 인사들과 이를 묵인하며 벙어리 냉가슴 앓는 충청인 여러분에게 어쩌면 마지막 절규가 될 선택의 기회를 드립니다. 이 기회가 저들의 독식 행위에 빌붙어 살며 권력의 단맛에 취해 있는 소신도 철학도 능력도 없는 정치권 인사들에 대한 경종이며, 대한민국의 미래를 위한 도민의 위대한 결집의 기회입니다.

이 나라 정치판의 여당이거나 야당의 야합은 국민이거나 국가보다 당리당략으로 해서는 안 될 짓만 골라서 해 가며 철면피한 뻔뻔함으로 나라 전체를 도덕적 불감증 환자가 되게 하였고, 반성은 없고 당원 이름으로 노예화된 집단 떼거지들의 패악만 쌓여 가고 있습니다.

불초 최기복 자신 있습니다. 충청도민의 의식에 불만 켜진다면 결코 두렵지 않습니다. 설마 충청권의 단기필마 후보가 거대한 복마전 소굴의 늑대들과 싸워서 이길 수 있을까?

이길 수 있습니다. 절대로 득표를 구걸하지 않겠습니다. 도민의 의식과 여론기관의 관심 속에 분명한 진실과 정의로운 역사관과 합리적인 대안만 도민 여러분들께 전달된다면 충청권의 미래는 밝아질 것입니다.

정직한 내심의 소리에 귀를 기울여 주십시오. 당락 간에 충청인 중심으로 합리적 중도보수의 정당, 충청정신을 선양하고 도민 여러분의 목소리를 대변하고 진보의 합리적 대안을 수용하며 복지 충남의 패러다임을 실현할 충청의 미래당에 기대를 걸어 주십시오.

그 중심에 선 불초 최기복, 충무공 이순신의 혼백을 이어받아 남은 생애 충청을 향해 바치려 합니다.

2

충청권의
영광을 위하여 · 2

6.1 지방선거 존재 입증을 위한 충청 미래당(최고위원 박석우)의 기대

국민의 힘과 민주당 두 거대정당은 지역을 거점으로 한 정파다. 이들은 서로를 비난하며 뒷거래로 정권을 주고받으며 속내로는 충청권 정당의 태동을 막고 은근히 무시하면서 충청권의 분열을 획책하고 있다.

3월 9일 치른 대통령 선거에서 보듯이 경상도와 전라도의 극명한 표의 쏠림 현상이 바로 그들의 민심이라면 충청도는 선거에 영향을 끼치지 못한다.

대통령 후보들이 광주에 가서 여러분의 뜻에 따라서 출마를 포기할 수도 있다고 읍소하고 부산에 가서는 죄지은 사람이 석고대죄하듯 큰 절을 하지만, 충청권은 대소변 보고 스쳐 지나가는 수준으로 지나친다.

전국정당을 표방하며 새로운 정치세력으로 발돋움해 보려는 우리의 시도 자체가 충청인에게는 어쩌면 사치가 되어 버린 것은 아닌가? 자조의 비웃음이 체념의 달관으로 일상화되고 있다.

'충청도는 안 돼유.' 그 이유가 충청인 자신에게 있다는 사실에 귀의하는 것조차도 귀찮아진 것인가? 충청기업의 말살, 푸대접 상대적 손실, 벌거벗고 물구나무라도 서서 항변하고 이익을 대변해야 할 정치세력은 자기 보신과 후보자 공천의 위협에 굴복, 목불인견의 비열한 늪에서 허우적거리며 굽신거리고 있다.

누가 충청도를 이렇게 만들었나? 정치인들만의 책임이라고 말해야 할까? 모든 것이 우리 자신에게 있다. 반성의 기회를 얻고자 한다.

하여 충남이 낳은 반골의 정치인, 신언서판이 확실하고 전국적으로도 손색이 없는 철학과 소신이 투철하고 삶의 경륜과 서민의 아픔을 몸소 겪어온 충남 서천 출신, 현 천안에서 인성교육의 산파를 자임해 온 칼럼니스트 최기복 후보에게 그 짐을 지게 한다.

최기복, 그가 도지사가 되어 복지 충남을 구현하고 정치세력을 복원하고 거대양당의 사슬을 끊어낼 것이다.

충청인에게 대오각성을 촉구한다. 충청에서 나서 충청을 지키며 충청을 위하여 산화할 충청인 정당이 이 나라 정치사에 위대한 발자취를 남길 수 있는 기회다.

3

충청권의
영광을 위하여 · 3

김인희 _ 시인, 칼럼니스트

선비정신의 본향이요, 애국 충신열사의 고장 충청도의 거룩한 태동에 읍소한다. 충청권의 영광을 위하여 슬로건에 감읍한다.

대한민국 헌정사에 정치를 묻는다. 두 개의 거대정당이 대세다. 우리는 3월 9일 불과 한 달도 안 된 대선 결과에서 뼈저린 교훈을 얻었다.

선거 후 개표가 시작되면 매체마다 당락의 결과를 쥐락펴락하는 충청도의 선택에 주목한다. 영호남의 쏠림에 결정적인 주도권을 행사하는 충청도의 투표결과에 전국이 숨죽인다. 그러나 딱 거기까지다. 그 너머에는 더 이상 충청도가 없다.

대통령 후보들이 지역구의 든든한 표를 깔고 앉아 상대지역에 가서는 대역죄인 행세를 한다. 지역민들 앞에서 큰절을 하고 과거사를 반성한다고 사죄하면서 표를 구걸한다. 그들이 충청도는 그저 지나가는 통과의례로 삼는다고 하니 억울하고 원통하기 그지없다.

충청권 인구가 호남권 인구보다 30만 명 이상이 많다. 행정구역 지역 (영토)도 넓다. 그럼에도 불구하고 국회의원 수가 호남권보다 3석이 적다. 인구 30만 명이면 의원 2석이 더 있어야 한다. 현시점에서 호남권 국회의원 수보다 5석이 더 많아야 한다는 결론이다.

오호통재라! 충청인이여, 가장 기본적인 이 사실을 알고 있는가.

충청권 국회의원이여, 그대들은 무엇을 했는가. 분기탱천할 노릇이다.

역사는 말한다. 충청도는 한반도의 중심을 꽉 붙잡고 한 번도 흔들린 적 없다. 국가가 위기에 처할 때마다 뜨거운 애국의 불길로 타올랐던 충신열사들의 희생이 바람 앞에 놓인 국가를 지탱해 왔다.

그 선조들의 뜨거운 피가 오늘 우리들의 혈맥을 타고 흐르고 있다.

충청도 사람들을 핫바지라 한다. 아무렇게나 취급해도 입 다물고 있는 사람들, 이런 뜻으로 충청인을 모욕하고 있다. 선조들의 역사 앞에서 고개를 들 수 없다. 후예들에게 치욕스러운 이름을 물려줄 수 없다.

최기복!

충남이 낳은 반골의 정치인, 신언서판이 확실하고 전국적으로도 손색이 없는 철학과 소신이 투철하고 삶의 경륜과 서민의 아픔을 몸소 겪어온 충남 서천 출신, 뼛속까지 충청의 DNA인 그가 태동을 시작한다.

최기복!

그는 직접 정치에 뛰어들었던 정치인이었다. 충청의 수장(首長) 김종필 총재와 걸음을 맞추었던 인재였다. 그가 후대를 발굴하기 위해 숨어서 교육에 투신했다. 국가 백년대계를 짊어지고 가정과 학교를 바로 세워 사회와 국가의 기강을 튼튼히 하고자 분골쇄신(粉骨碎身)했다.

자살왕국, 행복지수가 가장 낮은 국가, 3포세대(연애, 결혼, 출산 포기)가 청춘의 대명사가 된 처참한 현실, 양극화·불평등 현상, 저출산·고령화로 국가 존폐는 천 길 낭떠러지에 서 있는데도 위기의식이 없다.

충청인들이 들고 일어났다. 제자들이 그 앞에 엎드렸다. 궐기의 각오로 최기복, 그를 일으켜 세웠다.

효와 인성교육의 산파로서 칼럼니스트로서 역설했던 것을 몸소 실행하라는 엄명이었다. 청춘의 뜨거운 핏줄이 용광로에서 담금질을 통하여 제련되었다 하니 더는 물러설 수 없는 명분이었다.

'신에게는 12척의 배가 있나이다!'

충무공 이순신 장군의 절규를 상기했다.

백제 멸망의 순간 계백 장군은 오천 결사대를 진두지휘하여 열 배가 넘는 나당연합군과 맞서 싸웠다. 오만과 오천의 대결은 승패가 명백한 싸움이었지만 계백, 그는 기꺼이 백제를 껴안고 산화(散花)하였다.

최기복, 그의 DNA에는 계백 장군의 피가 흐르고 있다.

그는 충무공의 후예다. 역사는 증명할 것이다.

최기복, 그는 선비정신의 본향, 충신열사의 고장 충청의 영광을 위하여 거룩하게 산화하였노라고.

잠룡, 최기복!

그가 여의주를 물었다. 12척의 함대를 정비했다. 오천 결사대를 모집하기 시작했다.

4

누가 충청도를
이렇게 만들었나?

4월의 가는 소리가 들려온다. 원성 천변에 흐드러지게 피어있던 벚꽃들이 지기 시작하고, 태조산 자락에 초록의 향연이 시작되었다. 가장 잔인한 달이 가고는 있지만 어쩌면 춘삼월 호시절이 가고 있는 것이다.

시간의 굴곡 속에 달라지는 것은 보이지 않는다. 대통령 선거에서 영남의 민심과 호남의 민심이 극렬하게 갈라져도 아랑곳하지 않는 충청의 민심에 대하여 충청인의 한 사람으로 자괴감에 빠지곤 한다.

정말 충청도는 안 되는 지역인가? 충청도에는 충청의 정치세력화를 위하여 목숨을 걸고 입으로 부르짖고 있는 충신열사의 정신과 선비문화의 창달을 위하여 산화할 각오로 섶을 지고 불 속에 뛰어들 사람이 없는가?

누가 충청도를 이렇게 만들었는가? 거대 양당의 그늘에서 정치를 하고 싶어 하는 사람은 전국에서 으뜸인데 기실 제3당의 후보가 되어 충청인의 명예를 선양하고 전라당과 경상당에 대적할 만한 인물이 되겠다든가, 캐스팅 보트 세력이 되어 자라나는 2세들에게 정치지도자의 길을 열어 주려는 자는 없는가?

아직은 눈을 씻고 보아도 보이지 않는다. 오히려 천안을 중심으로 충청정치 세력의 싹을 틔우려 안간힘을 쓰는 인사에게 왜 손해 볼 짓을 하려 하느냐? 하고 만류하고 비웃음의 화살을 날린다. 그들의 면면을 살펴본다. 내심 자기희생은 별도로 하고 남이 차려놓은 밥상에 수저 들고 덤비는 가당찮은 이기지심이 온몸에 DNA로 자리 잡은 자칭 정치지도자들이다

정당조직을 등에 업고 작당하여 상대 정당을 적으로 몰면서 내심으로 주고받는 독식에 길들여진 사람들이다. 충청의 미래를 우리는 이들에 맡기고 '충청도는 안 돼유' 만 연발하는 자포자기의 늪에서 소탐대실(小貪大失)의 노예 상태로 살고 있다.

스스로의 정체성을 잃어가고 있는 것이 더 큰 문제다. 충청의 목소리조차 밖으로 내뱉을 수 없도록 거대 양당의 주구들은 치밀하게 전략을 짜고 자파의 이익에 혈안이 되어 있다.

충청의 아들을 자임한 대통령 당선자의 각료 인사에서 충청도가 얼마나 무시당하고 있는지 느낌조차 없다는 말인가? 충청도의 소외는 어제 오늘이 아니다. 그러나 이에 대한 충청도의 목소리는 조심스럽게 자제된다. 소리가 밖으로 새어나가면 공천권자의 눈에 벗어나 그나마 차지하고 있는 자신의 자리가 위태해지기 때문 아니겠나?

충청인들의 입에 회자되고 있는 역사적인 인물들, 충신열사의 혼이 비웃고 있어도 이를 아랑곳하지 않고 눈앞의 먹거리 외에는 보이지도 않고 보려고도 하지 않는 충청의 민심을 어떻게 해석해야 하나?

6월 1일은 지방선거다. 과거 무엇을 했다는 스펙을 추종하는 사람들에게 묻는다.

그들의 재직 중에 충청을 위하여, 충청인을 위하여 살신성인의 정신으로 이룩한 업적이 있는가? 충청인을 볼모로 무엇인가 자신의 입지 선양과 충직한 정파의 이익을 지키는 주구가 아니었나?

다람쥐 쳇바퀴 돌리는 사람들, 잘못을 반성하기는커녕 빤빤하기 이를 데 없는 거대 양당의 이전투구, 누가 이를 징치하고 옳고 그름에 대한 해답을 제시할 것인가?

기울어진 운동장의 추가 더 흔들리고 있다.

충청도가 살아야 나라가 산다.

5

충청은 안중에 없는
대통령 후보

　필자는 해병대 장교 출신이다. 복무는 진해와 포항에서 했다. 어렵다고 정평이 난 훈련 과정을 이겨내며 국가관이 정립되었고 애국혼이 몸의 DNA가 되었다. 임관식에 온 아버지는 소위 견장을 꽂아 주시며 멋지구나, 훌륭한 군인이 되라는 격려를 주었고 의무복무를 마친 예비역이지만 해병대 출신인 것이 자랑스럽다.

　그리고 충남에서 태어난 것을 자랑스럽게 여겼다. 이유는 충신열사의 고장이요, 애국선열들의 역사가 숨 쉬고 있다는 이유였다.

　그러나 필자를 광분하게 하는 기사가 떴다. 육군사관학교를 경북 안동으로 옮기겠다는 모 대통령 후보의 공약이었다.

　반도 대한민국의 육군, 해군, 공군, 해병대를 통칭하여 우리는 국군이라고 부른다. 사관학교라면 국제신사라는 장교 교육의 터전이다. 특히 육군사관학교는 헌정사에 있어서 국방의 간성을 양성하는 기관이요,

대한민국 군의 역사이기도 하다. 현재 서울 시내의 태릉에 있는 육군사관학교를 안동에 옮기겠다는 공약을 공약이라고 선전 포고처럼 외쳤다. 앵무새처럼 언론은 이를 지면과 TV 모니터에 공개했다.

이전의 이유인즉 안동은 충신열사의 고장이라서 그렇다고 말한다. 그 후보가 부산에 가면 부산으로, 광주에 가면 광주로 옮기겠다고 말할 수 있는 사람이라면 문제될 것이 없지만 오차범위 안에서 지지율 1,2위를 다투는 여당 후보다.

정작 안동 시민들에게는 고무적인 공약일 수 있겠으나 지금까지 공들여 왔던 충남, 그중에서도 육군훈련소가 있고 인근에 계룡대가 있는 논산시민에게는 치명적이라는 사실을 모른다면, 그는 충청인들을 무시하거나 아니면 지역감정 조장의 달인이다.

안동은 양반문화의 고장일 뿐 상대적으로 충신열사의 고장은 충남이라는 사실도 잘 모르는 것 같다. 논산은 황산벌 싸움에서 나당연합군과의 전투에서 5천 명의 군사로 10배가 넘는 5만 군사와의 전투에서 몰사당한 계백 장군의 혼령이 숨 쉬는 곳이요, 충남은 충무공 이순신 장군, 김시민 장군, 윤봉길 의사, 유관순 열사, 만주 벌판에서 독립운동을 지휘했던 김좌진 장군, 이범석 장군, 조병옥 박사, 이동녕 선생 등 우리 역사의 중추적 애국 열사들의 혼이 숨 쉬는 곳임에도 이를 폄훼하고 엉뚱하게 양반문화의 고장을 충신열사의 고장으로 둔갑시키려 하고 있다.

더하여 선거 정국이라는 이유로 이에 대하여 침묵하고 있는 여야를 막론한 충청권 출신의 정치인들이거나 현역 단체장들의 침묵이다. 이들의 가면을 벗기면 이들의 민낯이 드러날 것이다. 입에 붙은 지역 사랑, 입만 열면 헌신 봉사한다는 자화자찬, 때만 되면 동네 고샅 고샅에 내거는 현수막이 가관이다. 그들의 몸속에 충신열사의 기백이 손톱만

큼이라도 있다면 기자회견이라도 한 번 열어서 호도된 사실을 충청도 민에게 알리고 상대적 피해에 허덕이는 충청인의 상실감 박탈감 해소에 목숨을 걸어야 하는 것 아닌가.

내내 자기 자신의 선거운동에 몰입하다가 대통령 후보만 나타나면 얼굴 팔려고 팔을 걷어붙이고 설치던 그 기백은 다 어디 갔는가? 눈치코치 봐가며 줄서기나 계보 찾기 등에 혈안이 되어 후보 눈에 벗어나지 않으려는 모습이 안타깝기만 하다.

군의원이면 어떻고 시의원이면 어떠랴. 충청도에서 태어났든, 충청도로 와서 일가를 이루고 함께 살든 충청인이 되었으면 충청사랑 충청정신을 몸에 담아야 한다. 늦었지만 이제는 핫바지 대우를 벗어나자.

육군사관학교는 논산으로 이전하여 국토의 중심부가 되어 있는 충남이 육군 장교 육성의 터전이 되어야 한다.

6

충남교육
이대로 두고 볼 것인가

충청의 미래를 향한 충청인의 포럼 '동심동행'이 제2회 시행하는 교육포럼의 주제다.

왜 충청의 미래와 현재 시행되고 있는 교육의 문제를 주제로 선정하였는지? 10여 년이라는 기간을 사단법인 충청창의인성교육원을 운영해 오면서 절감했던 문제들을 적시하고 그 처방이거나 대안을 제시해 본 바 지자체나 정부에서는 쇠귀에 경 읽기였다.

충청남도나 필자가 거주하는 천안시에도 인성교육진흥법과 효문화 장려 및 지원에 관한 법률이 조례로 엄연히 나와 있다. 관계기관에 법령 시행에 관하여 문의한 바로는 그들 자신이 입법 취지나 시행에 관하여 관심이 없다. 무관심의 정도가 아연할 정도였다.

충남도 의회 조길연 부의장의 5분 질의나 천안시의회 허욱 의원의 인성교육 독려 발언에도 담당 공무원들은 의례적인 대답만 했을 뿐 2021

년 한 해를 넘기는 이 순간까지 대책이거나 시책을 보여주지 않는다.

그간 공모사업을 빙자하여 시군 단위로 관심 있는 단체장 몇 군데 공모 예산을 배정한 바 격화소양(隔靴搔癢; 군화 신고 군화 밑창 긁어 주는 수준)의 대표적 사례다. 우리는 작금의 시대를 4차 산업혁명시대로 명명한다. 한 나라의 수준을 소득에 기준하여 평가해야 하느냐, 교육에 기준하여 평가해야 하느냐? 교육과 소득이 비례한다고 본다면 어느 쪽이 우세하다고 표현하기 어렵겠으나 나라마다 부존자원이 다르고 여건이 다르다고 본다면 교육이 우선한다고 밖에 말할 수 없다.

대한민국은 아이큐 강국이다. 홍콩을 제외한다면 유일무이, 국민 평균 아이큐 세 자릿수의 나라다. 인터넷 최강국이다. 교육수준이 가장 높다. 역사적으로 불운을 딛고 일어난 나라다.

함에도 행복지수 OECD 국가 중 최하위다. 자살률 연 13년째 세계 1위다. 교통사고율, 범죄율, 음주운전, 학교폭력, 청소년 범죄율, 청소년 흡연 등 해서는 절대 안 되는 범죄행위들이 지면을 장식하고 있다.

가장 놀랄 일은 인명경시 사상이다. 아이를 낳아서 쓰레기봉투에 담아 버리는 일, 음식물 쓰레기통에 버리는 일, 애인을 극살시키고 태연하게 활보하는 청·장년, 부모를 극살하는 자식들의 패륜 범죄, 필설로 다할 수 없는 사회상을 보면서 권력에 미쳐 돌아가고 돈에 환장한 세태를 어디서부터 바로 잡아야 하는지 기가 막힐 노릇이다.

정부 예산은 해마다 천문학적으로 늘어난다. 가렴주구(苛斂誅求)는 부자나 가난한 자에게나 공포로 다가온다. 빈익빈 부익부의 대립구도와 이념의 양극화 또한 같은 체제하에서도 갈등과 대립을 격화시킨다. 자유민주주의 체제를 부정하는 자들이 교육 일선에서 성장하는 청소년들에게 심어주는 이념교육의 본질을 분석하여 대안으로 제시하는 일조차 두려워하는 학교사회의 양극화는 처절하다 못해 암담하다. 어디에서부터 손을 대야 할지도 모르겠다.

충청도는 예로부터 양반을 자처하는 고장이었다. 백이숙제의 일편단심을 우국지정으로 배워왔다. 하여 가장 많은 충신열사를 배출한 지역이기도 하다. 그러나 선비문화도, 양반문화도, 충신열사의 정신마저도 실종된 채 혼미의 늪에 빠져 허덕이는 낙후된 고장이 되어 버렸다.

포럼 '동심동행'이 지향하는 교육 이대로 두고 볼 수 없다는 주제의 선택 배경이다. 국민적 기대를 저버릴 수 없다. 충청인의 '하나 된 마음'(同心)이 교육의 개혁에 동행(同行)해야 하는 이유다. 강 건너 불구경하듯 눈만 깜박거리면서 뒷짐 지고 구경하는 충청인들이 없기를 바란다.

자라나는 청소년들에게 우리는 무엇을 본보기였으며 그들이 살아내야 할 미래에 어떤 환경과 조건을 만들어 주었는지 철저하게 반성하고 속죄하는 자세로 본보기 교육의 참스승으로 다시 태어나야 한다.

포럼 동심동행의 주제다.

7

포럼 동심동행(同心同行)이 가야 할 길

진보(進步)를 말할 때 해는 저물고 갈 길은 먼데 말은 느릿느릿 제 볼일 다 보면서 두리번거리고 있을 때 말에 채찍을 치는 것이라고 말하고, 보수(保守)는 정통의 가치와 전승의 가치가 있는 것을 지켜 내며 갈고 닦아 후세에 전하는 것이라고 배웠다.

허나 대한민국의 이데올로기는 보수와 진보의 하모니를 통하여 점진적 발전을 꾀하면서 서로의 단점을 보완하고 장점을 추스르는 것이 진취적이고 합리적임에도 양대 세력은 서로의 눈에 든 대들보는 보지 못하면서 상대 눈의 티끌을 탓하고 그 티끌을 침소봉대(針小棒大)하여 상대 세력을 침몰시키고, 독점 세력으로 유아독존의 위치를 점하려고 눈에 불을 켠다.

지금 대한민국의 양극화 문제는 심각의 도를 넘어 침몰 직전의 상태이며 내로남불이라는 엄청난 사회 풍조는 종래의 가치 질서를 와해시키면서 인성을 파괴시키고 교육의 정체성에 회의를 갖게 한다.

정치는 단말마적 퇴행의 마지막 수순에 접어들지 않았나 하는 두려움마저 갖게 하고 경제는 자유경제체제의 장벽을 무너뜨리고 사회주의 통제경제를 지향하면서도 빈익빈 부익부의 편차는 커가고 있다.

그러나 젊은이들의 K-문화는 세계를 아연 긴장시키고 있으니 여간 다행한 일이 아니다.

사회는 윤리부재 도덕불감증으로 인하여 지금까지 쌓아 올린 동방의 등불이라는 이름이 부끄러워졌다. 저출산 · 고령화 사회의 블랙홀에 빠져 허우적거리는 자화상의 모습을 보면서 위정자들의 무처방 무대안으로 미래는 더욱 암담하기만 하다.

알면서 행하지 않는 것은 모르는 것만도 못하다고 했다. 포럼 동심동행(同心同行)은 앎을 익히면서 축적된 지식을 지혜로 승화하고 행함을 통하여 지역사회의 등불이 되고 나아가서는 국가사회의 횃불이 되어야 한다.

1차 포럼은 7월 2일 천안시청 봉서홀에서 '충청권 대망론'으로 충청인의 가슴에 봄의 씨앗을 심었다.

2차 포럼은 '충청교육 이대로 두고 볼 것인가'라는 명제로 자화자찬의 늪에 빠진 우물 안 개구리 식의 교육 현실을 적시하고 시대에 걸맞는 새로운 패러다임을 제시하려 한다.

지금까지 살아오면서 궂은일은 마다하고 내 몫 챙기기에 혈안이 되었던 지난 시간들을 반성하면서 궂은일은 내가 하고 내 몫은 당신이 하시라는 충신열사의 혼과 호연지기를 바이블로 삼아 이웃과 하나 되어 하모니를 실천하는 선비정신의 넋을 재현하고 나라 지킴이의 멸사봉공 정신을 실천하는 정신과 행동의 하나를 기하려 한다.

'동심동행(同心同行)'의 길이다.

도민 여러분!
국민 여러분!
동심하시고 동행하십시다.

8

지역주의 논란

– 호남은 발끈, 충청은 멍청

　지난 7월 2일 충남 천안시청 봉서홀에서 주최하였던 포럼 '동심동행 (同心同行)'의 행사는 그 주제가 충청권 대망론이었다. 남북이 갈라져 있고 남한은 영남세력과 호남세력으로 동서가 서로를 경원시하는 정치세력으로 갈라치고 있다.

　그 틈바구니 속에 신음하고 있는 충청도민을 향한 여과되지 않은 펌훼의 발언으로 충청도를 우롱하고 도민의 마음에 상처를 주고 있는 여권의 이재명 도지사의 네거티브 설전에 통곡한다. 권력욕에 불타 백제 역사를 세 치 혀끝으로 난도질한 사실에 경악한다.

　"한반도 5,000년 역사에 백제 이쪽(이남)이 주체가 되어 한반도 전체를 통합한 때가 한 번도 없었다."

　이재명은 이낙연을 향하여 어차피 독자적 호남세력으로는 대권과는 거리가 멀다는 요지이며, 이를 받아 갈라친 이낙연과 더불어 정세균 후보는 발끈한다.

선거는 다수가 소수를 이기는 제로섬 게임이다. 과거 김대중 정권의 DJP 연합을 통해 창출한 호남정권의 한계나 노무현을 도운 충청권의 은혜를 무시하는 듯한 표현으로 충청도는 이용의 도구 외에 존재의 정체를 아예 깡그리 무시한다.

충청권이 정치적으로 미래를 무시당하는 것으로 끝이 나지 않는 상황임을 누누이 설명해 왔다.

정부 예산의 최하위 배정, 인구 대비 국회의원 정수 4명 부족, 정부 인사 기용의 배제, 대청호수의 용수공급 관계, 당진 300만 평을 경기도에 강탈당한 사건, 관광특구 지정 자금의 제외지역으로 홀대받고, 심지어 동서관통 철도부설 문제까지 강 건너 불구경으로 넘어간 처참한 상황에서 도덕적으로나 이념적으로 별로인 대통령병 환자에게 이토록 푸대접을 받아야 하나?

호남은 발끈하고 충청은 멍청해야 하는 이유가 무엇이냐?

지역주의는 망국의 한계임을 역설한다. 입으로는 역설하지만 이를 이용하고 득실을 계산하는 저들을 이번에 싹쓸이해야 한다. 지금의 여론조사는 간보기이며 맛보기이다.

여당의 후보들에 대한 지지도는 등락이 예상되지만, 후보가 결정되면 호남세력은 분명히 85% 이상 여당 후보를 지지할 것이 불을 보듯이 훤하다.

영남세력은 야당 후보에게 65%를 지지할 것으로 예상한다. 충청권의 경우 충청권 독자 후보가 출마하게 되어도 45% 지지열도에서 멈출 것이다. 지역주의의 한계를 극명하게 드러내는 예상 수치이다. 이번만은 예외가 되어야 한다.

이제는 충청도의 시대를 열어가야 할 명분을 저들이 주었다.

벙어리처럼 입을 다물고 관망하며 자해수준의 인내를 재현하고 있는 것은 차세대에게 물려주어야 할 유산이 아니다. 도민들과 정치권이 이를 성토하고 충청인의 각성을 촉구해야 한다. 논평조차도 못 내고 속으로 삭이는 것이 미덕이 아니다.

충청인이여 궐기하자! 기회는 자주 오지 않는다.

9

윤석열의
정치개시 선언

6월 29일 매헌 윤봉길 의사 사당에서 윤씨가문의 후손 윤석열은 문재인 정권타도를 외치며 정치개시 선언을 마쳤다. 왜 출마를 해야 하느냐는 대답을 들었지만 왜 윤석열이 대통령이 되어야 하느냐에 대하여는 속 시원한 해답보다 얼버무렸다.

물론 국민이 원하기 때문이라고 대답했을 경우 문빠들을 비롯한 죽창가 부대들의 입이 시끄러울 것이라는 예상 하에 그럴 수 있겠다는 생각을 해 본다.

우리는 정치를 흔히 생물이라고 부른다. 언제든 최선은 없다. 있다면 공산독재를 시행하고 있는 북한 같은 체제에서나 볼 수 있는 것이다.

당일 천안의 일부 인사들이 윤봉길 의사 사당에 가겠다고 코로나 정국임에도 버스를 임차해서 서울을 다녀왔다는 사실에 민심의 소재와 정권 교체의 신호를 읽었다. 당일의 회견 모습을 지켜보며 새로운 사실이거나 속이 확 트이는 내용은 없어도 무난했다는 것이 필자의 생각이었다.

그러나 여당의 대표나 원내대표의 폄하 발언에는 화가 치밀었다. 특히 정청래 의원의 정치마케팅은 어제나 오늘의 일은 아니지만 치졸했다는 느낌이다.

'무식하기 때문에 용감했던 것'이라고 반박한 김근식 교수의 의견에 전적으로 동의하는 바이다. 더하여 그가 충청도 출신이며 충청도가 영남정권의 시녀, 호남정권의 하녀가 되도록 앞장선 여당의원이라는 것이 더 화나게 했다.

충남 출신의 야당 원로의원들과 여당의 김종민, 박범계, 박병석 의원 등은 충청의 발전이나 독자적 정치세력화를 위하여 무엇을 했느냐를 집중추궁해 보고 싶다. 저들이 양당의 수뇌부에게 빌붙어 공천에서 당선까지의 과정은 차치하고 업적은 침소봉대(針小棒大), 과실은 게 눈 감추듯 감추기에 급급하지 않았나? 선택에 최선이 없다는 것이 유권자를 어렵게 하고 있는 이유가 된다.

그런 이유로 하여 충청정신을 대변할 수 있다는 기대를 갖고 정치참여를 선언한 윤 총장의 출마 선언은 이 시대의 시대정신이다. 문재인 정권을 반드시 교체하겠다는 각오와 의지를 밝힌 것이다. 정치참여의 첫 출발로서 충분히 감동적이다. 그러나 충청도 출신 반기문 전 유엔 사무총장의 중도포기 행태를 겪은 충청인은 여전히 불안하다.

나치 독일의 괴벨스를 연상하게 하는 독침 문은 저들의 혀끝에서 놓여나지 못하고 믿을 수도 없고 믿지 않을 수도 없는 여론조사에 일희일비하며 불안해 하는 충청인들에게도, 출마자에게도 반면교사로 삼아야 할 기간이라는 생각이다.

부분 긍정, 부분 부정을 모르는 공산주의적 발상에서 이념의 노예가 되어 있는 정치 집단에게 우리는 더 이상 무엇을 기대해야 하나. 입만 열면 자유, 평화, 평등, 균등, 공정을 외치면서 하는 짓들이란 반대 노선을 획책하고 독식과 약탈에 준하는 파렴치한 행동으로 얼룩진 정치 행보를 지켜봐 오지 않았는가? 누리고 먹은 자들의 입에 더 이상 속아서도, 놀아나서도 안 된다.

자신들의 입지를 위해 천인공노할 원자력 발전소의 가동 중단이나 선거부정이나, 보이지 않는 제3세력의 금융 놀음을 이대로 눈감고 넘어가라고 하는 자들에게 용서란 역사 앞에 더 큰 죄를 범하는 짓이다. 자유당 독재에 대해 '못 살겠다, 갈아보자' 고 외친 것처럼, 문재인 정권에 대해 '못 참겠다, 바꿔보자' 라고 외치는 대다수 국민들을 허수아비로 여기는 정치권의 입들부터 세제를 풀어 세탁해야 한다.

이 일에 목숨을 걸고 앞장서야 할 시간이 도래했다. 기울어진 운동장을 바로 세워야 할 시기가 점점 다가오고 있다. 이렇게 만든 장본인들이 보수를 표방하며 반성을 모르고 나대는 모습도 가관이다.

그래서 국민들, 특히 충청인들이 정신을 차리고 선택의 기준이 되어야 한다.

10

충청의
시대를 열자

충청도에서 충청도 출신이 대한민국의 대통령이 되는 꿈은 영원히 무망한 것인가?

필자의 군대 동기가 한 사람 있었다. 그와는 장교후보생 시절 절친이었고, 당시 필자가 본 그 친구는 도덕 교육이 필요 없는 친구였다. 법도와 예도뿐만 아니라 봉사와 희생정신도 투철했다. 그는 고향이 전라남도 순천이었고, 순천에서 지금도 1급 자동차공업사를 경영하고 있다.

필자는 그가 순천역 부근 음식점에서 접대 받은 주꾸미 짚불구이 요리, 그 맛을 지금도 잊지 못한다. 때때로 그 맛을 잊지 못하여 그를 찾고 싶었지만 꾸욱 눌러 참았다. 뿐만 아니라 부산─순천 간의 도로는 당시 비포장도로가 포장도로보다 많았다. 그해 틈을 내어 그를 찾아가기로 하였다. 포니라고 부르는 내 승용차에 연료를 채우고 길을 나서며 마음이 들떴다.

부산을 떠나 하동쯤에서 내 차가 덜컹거리기 시작했다. 불안하지만 부산으로 되돌아가기보다는 순천으로 가는 거리가 짧다. 나는 조심스럽게 차를 몰았고 예정시간보다 거의 한 시간 정도 늦게 그의 공장에 도착하였다.

기다리고 있던 친구를 만나 인사를 나누고 나서 평소 안면이 있던 직원들과 인사를 나누는데 분위기가 평소의 그것이 아니었다. 공장 분위기가 초상집을 방불하게 했다. 친구 녀석 또한 평소에 비해서 반가움보다 비통함이 더 커 보였다.

"너, 왜 그래?"

"응, 아무것도 아니야."

"뭐가 아무것도 아니야, 나 도로 간다."

그때서야 그는 직원을 시켜서 고장 난 내 차를 점검시켰다. 나는 침울한 공장 분위기를 물었다.

김대중 대통령이 낙선했다는 것이다. 내 이성으로는 이해가 가지 않았다. 선거의 당락이 공장 전체를 초상집을 방불케 할 수야 없지 않은가. 얼핏 부산에서 들은 이야기들이 생각났다. 그때 내 자동차 번호에는 부산이라고 지역 이름이 표기되어 있었다.

사실은 아니었겠지만, 호남지역에 부산 차가 연료 주입을 위하여 주유소에 가면 '김대중 선생 만세'를 세 번 불러야 연료를 주입시켰다는 이야기가 생각났다. 호남에서는 인구 배가운동을 통하여 유권자를 양산해야 영남 인구를 능가할 수 있다는 생각에 출산을 장려한다는 등 낭설들이 유언비어처럼 회자되던 시절이었다.

점심을 같이하면서 차가 수리되는 동안 그 친구와 상당 시간을 함께 하였다. 평소 말을 아끼던 그가 말문을 열었다. 호남에 대한 영남의 푸대접과 한처럼 여겨온 호남 출신 대통령을 만들어 내려 하던 호남인의 꿈이 무너지는 순간 저들은 패닉 상태로 빠질 수밖에 없다는 것이었다.

상당한 수리비가 들었음을 짐작해도 한사코 수리비를 거절하는 그를 뒤로하고 필자는 부산으로 되돌아왔다.

그 다음 대통령 선거 시까지 정치 은퇴를 선언하고 한국을 잠시 떠났던 김대중 총재는 다음 선거에서 JP와 연합하여 유일한 전라도 출신 대통령으로 당선되었다. 호남인들은 한을 풀었다. 그는 대한민국 역사에서 유일하게 노벨평화상을 받은 호남 출신 대통령으로 역사에 기록되었다.

광주의 김대중 컨벤션센터에 가 보면 그 호화로움에 놀랍기도 하다. 이젠 가셨지만, 그 위력이란 무시 못할 것이란 생각에 잠겨 보곤 한다. 지금도 그렇지만 당시에는 영호남이라 하여 남한에는 영남의 정치세력과 호남의 정치세력 외에는 없었다. 인구가 영남에 비하여 현저하게 적은 호남은 찬밥신세였다.

그러나 지금은 달라졌다. 호남은 대세요, 영남은 빼앗겼다는 상실감에 젖어 권토중래를 노린다. 노무현 대통령도 충청인이 호남의 정치세력에 힘을 합쳐 주지 않았다면 당선은 불가했음을 기억한다. 시간은 흘러 내년 2022년 3월에는 이 나라의 새로운 대통령을 선출해야 한다.

이제 충청도는 인구도 땅덩어리도 호남보다 넓다. 백제라는 이름으로 도읍이 된 역사 이래 임금이든 군왕이든 대통령이든 충청도 출신은 하나도 없다.

필자가 순천에서 보고 겪었던 호남인들의 집단 패닉 상태가 차기 대통령을 만들어 내듯이 이제 충청도민이 하나가 되어 충청도 대통령을 만들어 내야 할 절체절명의 시간이 도래한 것이 아닌가 생각된다.

단순하게 접근하자!

영남 출신과 호남 지향적 대통령들이 번갈아 가며 당선되었다. 이제 충청 출신을 대통령으로 만들어 보자. 김대중 대통령을 김종필 총재가 도왔지 않은가? 노무현 대통령도 세종시에 와서 수도이전 공약으로 수혜를 받아 당선되지 않았나? 이제 호남에서 충청을 도와줬으면 한다.

영남에게 묻는다. 호남 출신 대통령보다 충청 출신 대통령이 되는 것이 국토의 균형, 인재의 고른 등용이라는 차원에서 최선은 아니지만 차선 아닌가? 충청이 핫바지 취급해도 침묵하고 홀대해도 먼 산 보고 핍박받아도 눈을 감는다고 속조차 없는 것은 아니다. 영남 충청 호남으로 3분된 정치판을 만들어 영호남의 갈등을 조정하고 분열에 마침표를 찍어야 한다.

충청인이여! 산자수명한 충신열사의 고장 충청의 시대를 열자.

11

포럼 '동심동행(同心同行)'의
출현에 거는 기대

포럼 '동심동행(同心同行)'이 2021년 4월 30일 오후 5시 30분 천안의 모처에서 발기인 대회를 통하여 충청인들의 기개와 선비정신을 발양하고 충청권 대망론의 봉화를 올린다고 한다.

전직 충남 도지사를 비롯 전직 충남 교육감, 전직 천안시장, 전 현직 대학교수들로 구성된 20여 명의 단출한 멤버들이기는 하지만 이들의 충남 사랑에 대한 의지는 참으로 대단하다.

발기인들은 발기 취지문에서 충신열사의 본향 충청남도의 현실을 여과 없이 나타내고 있다.

선비정신은 실종되고 자살률은 세계 최고를 기록한다. 영남과 호남의 균형과 조화를 이룩해야 할 지정학적 위치가 가져야 할 의미는 정치의 실종과 더불어 사라진 지 오래다. 내로남불의 극한 상황에서 침묵하고 외면하고 귀를 막고 산다.

지성인으로서 또 지식인으로서 충청도에 살고 있는 것이 자랑스러울 수 없다. 그러나 충청도에 삶의 터전을 마련한 것에 대하여 이 이상 후회만 하고 살 수는 없다.

다음 세대에 빌려 쓰고 있는 산자수명(山紫水明)한 충청도를 낙후의 대명사로 대물림할 수만은 없다.

하여 두 눈을 크게 뜨고 목소리를 내고 도민의 울분을 귀 기울여야 한다.(…이하 생략…)

포럼 발기 취지문의 개략적 내용이다.

구구절절이 절감되기는 하지만 혹여 내년 대선을 준비하는 정치결사체의 성격을 띄우고 있는 것이나 아닌지 의구심이 들었다.

대답은 명확했다. 충청권에 뿌리를 내린 새로운 정당이라면 자청하여 도울 수 있다는 것이었다.

몸담아 있는 본인들은 정치적 욕심이나 의지는 전무하다. 인성이 착하고 똑바른 가치관을 가진 후배 양성을 위해서는 살신성인(殺身成仁)하겠다는 것도 피력하였다. 그렇다면 필자도 견마지로(犬馬之勞)를 다하겠다는 생각을 굳혔다.

남이 차려놓은 밥상에 수저 들고 덤비는 양아치 근성의 국민성이 이 이상 발붙일 수 없도록 본때를 보여주는 의식 있는 집단이 되기를 기대해 본다.

정치 시즌이 되면 우후죽순(雨後竹筍)처럼 일어났다, 썰물처럼 사라지는 브로커 집단들의 전철을 밟아서는 안 된다.

지금껏 살아오면서 악순환의 고리를 끊어내지 못하는 타성에서 벗어나는 계기가 되었으면 한다.

뜻을 같이하는 자들이 뜻만 같이했지 함께 미래를 향해 함께 가지 못한 이유는 다양했지만 이제는 달라져야 한다.

포럼 '동심동행(同心同行)'을 통해서 지금까지 좌고우면(左顧右眄)하면서 찾지 못했던 충청권의 정치적 진로를 밝히고 함께 해야 한다. 경제적 피해를 보상받아야 한다.

갈등 국면의 충청권 정서를 회복하고 고유문화인 선비문화를 되살려내자. 포럼 동심동행의 설립에 충청인의 기대를 모아야 하는 이유다.

12

정치권력의 부재

– 꿈이 없는 충남

선비정신의 본향(本鄕)이요, 전 세계적으로 알려진 충신열사의 고장은 충청남도다.

대전광역시와 세종특별자치시, 충청북도를 이웃하고 있다. 과거 지금의 세종특별자치시가 충청남도 소속의 1개 군인 연기군 시절에는 사육신의 고장이라고 해서 역사적 고증 가치가 더했었다. 지정학적 위치로는 대한민국의 허브요, 역사문화로는 왕도(王都)의 상징인 백제 문화의 터전인 부여와 공주가 있다.

충남 도민의 자존심이 상하는 것은 충신열사의 혼이 사라지고 정치권력의 부재 속에 선비정신은 눈을 씻고 봐도 찾아내기가 힘들다는 것이다. 계백 장군의 숨결이 묻혀 있는 논산과 탑정호수, 이순신 장군의 사당이 있는 아산, 김시민 장군이 태어난 천안, 독립기념관과 유관순, 윤봉길, 김좌진, 이동녕, 조병옥 님 등 헤아리기조차 송구한 충신열사들이

즐비함에도 역사의식 속에 살아 숨 쉬어야 할 애국심이거나 절체절명의 자존심은 패배의식과 이기지심으로 남의 것이 되어 가고 있음을 느낀다.

중학교 교실에서 역사 시간에 윤봉길 의사라고 흑판에 쓰자, 손을 번쩍 든 학생이 당당하게 질문을 한다.

"선생님 윤봉길은 외과 의사인가요, 내과 의사인가요?"

웃어넘길 수 없는 현실 속에 역사가 밥 먹여 주느냐고 냉소 어린 표정을 짓는 성인세대, 이것이 우리들의 자화상이 아닌가 한다.

'모든 길은 로마로 통한다' 라는 옛말처럼 서울은 천안을 통과하지 않으면 상경이 불가하다는 것을 모르는 사람이 없음에도 천안을 중심으로 서해안으로 가는 길, 경부로 가는 길은 늘 병목 현상으로 운전자들의 이맛살을 찌푸리게 하고 있다.

국가가 해야 할 일인지 해당 지자체가 해야 될 일인지는 몰라도 이를 지적하고 해결의 솔루션을 찾아서 소리를 내야 하는 것은 정치권인데 이 지역 정치인들은 꿀 먹은 벙어리다.

매번 대권을 꿈꾸는 자들 또한 충청권 알기를 멍청한 사람들의 집단 쯤으로 여긴다. 광주나 부산에 가서는 큰절로 지지를 호소하지만 필자의 시각으로는 충청도는 지나가면서 용변이나 해소하고 가는 것이나 아닌지 의구심이 든다.

호남지역보다 인구대비 의원 절대수가 4명이나 모자라도, 예산 배정에서 10여 년간 천문학적 상대적 손해를 보고 있어도 여당, 야당의 시녀로서 차기 공천이나 노리고 재선, 3선으로 있으나마나 한 역할로 이를 숨기기에 급급한 것이나 아닌지, 심지어 국감장에서 휴대폰으로 게임이나 즐기는 의원이 생기고 낙선이 불 보듯 뻔한 수뇌부 선거에 출마하여 고향을 함께하는 의원들끼리의 혈투를 보이며 자가발전에 혈안이 되어 있는 것이 보인다.

반기문 전 유엔 사무총장이 대망의 꿈을 가지고 도전 의사를 폈을 때 충청권 정치복원을 위해 의원 나리들 누구 하나 옷을 벗을 각오로 함께할 사람이 없었고, 내심으로 유불리의 통밥을 재면서 기회를 놓쳤다.

이런저런 이유가 겹치고 덮쳐서 고위직 인사에서조차 배제의 원칙으로 통용되고 있음을 부정할 수 있겠는가? 왜 영남정권과 호남정권만 정권의 주체가 되어야 하는지 국민과 특히 충청권 인사에게 묻고 싶다.

이제 정치, 경제, 사회, 문화의 모든 영역에서 충청도가 몫을 해야 할 때가 왔다. 선비정신으로 충신열사의 정신으로 주역으로서 주체가 될 때가 되었다. 정치권력의 부재가 국토의 불균형을 심화하고 정치력의 부재가 충청권 발전의 저해요소가 된다.

차세대에게 부끄럽고 선열들 앞에 당당하지 못한 모습으로 비겁하게 사느니 죽기로 나서서 충청권에서 대통령 한 번 만들어 보자.

다행히 천안을 중심으로 동심동행(同心同行)이라는 결사체가 태동을 서두르고 있다고 한다. 제발 그 의지에 찬물을 붓지 말기를….

13

동심동행(同心同行)
창립의 변

자유민주주의의 정체성을 수호하고 시장경제를 모토로 하는 대한민국의 국민 됨이 자랑스러워야 한다. 5000년 역사 속에 부침되어야 했던 부끄러운 역사를 참회하며 이를 교훈 삼아 이 땅에 치욕은 더 이상 재현되지 않아야 한다.

그러나 정체성은 와해되고 역사의식은 붕괴되고 있다. 상호불신의 늪은 깊어지고 미풍양속과 전통 또한 얼굴이 바뀌고 있다. 바뀌지 않아야 할 가치 질서와 가치 정서가 혼돈의 와중에서 숨을 거두고 있다.

거짓과 위선으로 날밤을 새우는 정치권의 언행에 질리고 불평등과 불공평의 경제의식과 이에 부화뇌동하는 경제가 이기주의의 극한상황에서 회귀불능으로 치닫고 있다. 하늘의 지엄한 명령인 인명 존귀사상은 가뭇없이 사라져 가고 있다.

16개월 된 여아 정인이의 목숨을 앗아간 살인자들의 얼굴이 악귀로 변해 가고 있고, 하루도 거르지 않고 지속되고 있음에도 예방이거나 처방책을 내놓지 못하는 자들이 입으로는 나라사랑, 국리민복을 부르짖고 있다.

이들의 모습들이 우리 국민들을 분노하게 하고 아연하게 하고 있다. 패륜 범죄와 패역 범죄는 입으로 열거할 수 없다.

저출산·고령화의 심각함으로 대한민국호가 암초에 걸려 침몰하여도 설마 어떻게 되겠지 하는 암울한 기대로 어려운 일은 남이 해 줄 것을 기대하며 나는 굿이나 보고 떡이나 먹자는 내로남불의 국민의식을 어떻게 바꾸어 나가야 할는지? 대답할 위치에 있는 사람도 없고 고민하는 세력도 눈에 보이지 않는다. 우리는 이 이상 묵과할 수 없다.

하여 같이할 동지를 구한다. 어정쩡하게 살다 보람 없이 죽어가야 할 삶이 억울한 사람들, 체제 붕괴가 두렵고 불공평과 불공정과 불합리가 더 이상 횡행해서는 안 되겠다는 역사의식을 가진 사람, 선비정신의 재현으로 정신사의 혁명을 꿈꾸는 사람들, 견제와 균형을 통하여 불평등을 바로 잡고자 하는 사람들, 지역 이기주의 피해에 허덕이는 충청의 얼을 되살려 충신열사의 혼을 되살리고자 하는 사람들, 인성과 효교육을 되살려 사람다운 사람의 교육이 필요하다고 생각하는 사람들을 모으고자 한다.

모이자! 마음이 하나 되어 재기불능의 대한민국이 침몰되는 것을 함께 막아야 한다. 평범한 사람들의 하나 된 행동이 절실히 요구되는 시기에 침묵하고 묵과하는 것은 자존의 파괴요, 역사의 죄인이다.

70억 지구촌에 70억의 인격이 존재한다. 인격은 사람으로서의 본분과 사명을 가진 자들만의 격조다. 본질은 하나지만 성장과정의 교육과 여건에 의하여 숙성되는 조금의 차이를 우리는 개성이라고 부른다.

서로가 존경해야 하고 존경받아야 하는 것들이기도 하다. 우리들이 함께 가야 하고 함께 해야 할 사명이 바로 70억 인구에게 횃불이기도 하다. 스스로 죄인 됨을 자처하지 말고 분연하게 일어나 솔선수범하는 역사의 주인으로 행동해야 한다는 것이다. 능력과 자질, 기량과 용기는 차이가 있을 수 있어도 우리의 마음은 하나다. 함께 가야 할 길도 하나다.

하여 동심동행(同心同行)은 시대 변혁을 선도해야 하는 하늘의 소명이다. 기대해 온 우리들 모두의 염원이요, 암흑 속의 빛이다. 조건은 있을 수도 없고 있지도 않다. 사랑하는 부부도 한날한시에 죽을 수는 없다고 한다. 허나 한 가지 뜻을 가진 동지는 한날한시에 함께 죽을 수도 있다.

함께 죽어 영원히 살자. 그리하여 침몰의 위기에 좌초되고 있는 대한민국호를 영원히 살리자. 뜻과 의지가 하나면 가야 할 길도 하나고 행동도 하나다. 동심동행의 길에 횃불을 밝힌다.

14

동심동행(同心同行)

쌍둥이도 표식이 있다. 단 몇 분의 차이로 세상을 나오고 밭과 씨도 똑같다. 더구나 인간은 만물의 영장이다. 컴퓨터나 생산 기능을 갖춘 기계가 아니라 그 기계를 제작한 인간이 만들어낸 인간 쌍둥이도 차이가 있거늘 한 마음으로 한 길을 함께 간다는 것은 무상한 일이지만 전혀 불가능한 것은 아니라는 생각이 든다.

정치 쪽에서는 동지(同志)라는 이름으로 결사체를 만들어 정당이라는 이름으로 정권 창출하거나 정권을 찬탈해 오기도 한다.

헌데 정치라는 단어는 지극히 제한적이어서 본래 정사 정(政) 다스릴 치(治)의 의미는 굽어지거나 휘어진 것을 메로 때려 바르게 펴되 다스림의 원리를 물의 흐름에 비김하는 것인데, 정당이라는 단체는 굽은 것 펴고 잘못된 것 바로잡는 단체가 아니라 굽은 것 더 굽게 하고 잘못된 것 아주 못 쓰게 만든다.

공익보다 사익을 우선시하고 상대방 인격 모독, 업적 폄훼 등이 정체성의 대명사가 되어 있다. 사회적 지향점이 최선이라면 정치적 지향점은 국리민복이다. 최선이 불가하면 차선을 선택할 수밖에 없는 것은 현실이다. 차선이 부재하면 차차선을 선택해야 한다.

대안 없이 최선을 입으로만 외치는 정치집단의 공염불이 공약이라는 이름으로 살기에 핍박받는 안타까운 사람들에게 미끼로 이용될 뿐 이들은 선거 때 표심 유린의 방안으로 머리를 짜내지만 선거가 끝나면 이긴 쪽은 하는 체하다 접고 진 쪽은 아예 잊어버린다. 상대 정당의 아킬레스건만 건드려 국민들의 마음에 상처만 도지게 한다.

그리고 조국과 민족 앞에 석고대죄해야 할 역사의 오류를 범한다. 대통령의 공약 이행이거나 재임시 업적이 국민을 위한 것이기보다 지역의 표심 유린이 목적이었음은 역사가 이를 입증한다. 노무현 전 대통령은 세종행정수도 이전을 공약으로 하여 충청도의 표심을 유린하였고, 본인은 한 건 했다는 표현을 사용했었다. 김대중 대통령의 햇빛정책도 비용과 효과면에서 득실을 정확히 따져 본 일이 없지만 양당의 입장은 현저하게 달랐다.

국민들 시각도 2분 된 사실을 기억한다. 이명박 대통령이 22조의 천문학적 금액을 4대강 유역 개발이라는 미명으로 탕진했다는 국고 손실 의견이 지배적이지만 정권이 바뀌면 이를 다르게 평가할 세력도 태동될 것이다. 원자력 발전소의 조기 폐쇄가 아무리 정권의 공약이거나 정책이라 해도 발전소의 기능이 멀쩡하게 돌아가고 경제성이 살아있는데 정책이라고 하여 이를 따지려는 감사원장의 존재에 위협을 가하려는 정치집단의 행위가 정권이 바뀌었을 때 어떻게 평가될 것인가를 생각하지 못하는 집단, 식물검찰을 만들어 놓고 옥상옥을 만들어 입맛대로 내 죄는 눈감아주고 상대방 잘못은 침소봉대하여 정권을 유지하다가 정권이 바뀌면 그 사정의 칼이 자해의 칼이 된다는 사실에 대하여 둔감한 것인지, 생각이 모자란 집단인지 혼동이 오기도 한다.

부울경지역의 정치 이슈가 된 가덕도신공항 건설, 우선 급해서 여당도 야당도 손뼉을 쳤지만 흉물로 전락될지도 모르는 상황에서 예타도 제대로 거치지 않았다.

이들에게 정치를 맡겨서는 안 되는데 대안세력이 없다. 지금의 야당 또한 없어졌으면 좋겠다. 정신을 지독히도 못 차리는 것이 여당과도 똑같다. 이들이 여당 시절에 잘한 것이 거의 없었다. 더구나 소신이나 정치철학도 없이 감정에 휘말린 상태로 남이 차려놓은 밥상에 수저 들고 대드는 모습만 우리 눈에 보였다. 오늘의 좌파세력이 국정을 파탄으로 몰게 한 장본인들이 자기들이었음을 깨닫지 못하는 것이 이들이 없어졌으면 좋겠다는 필자의 생각이다.

제3세력과 연합하여 정당 내부의 지도체제를 바꾸고 주종의 관계에서 주의 자리를 내어줄 줄 알아야 반성하는 모습으로 국민적 인식이 달라진다는 사실을 모르는 것인가, 애써 외면하는 것인가.

이젠 국민의 위대한 결심만이 기울어져 가는 한국 정치의 새로운 좌표를 설정하는 모멘텀을 만들 수 있다. 다행히도 정치집단의 언행과 부재한 정치철학에 신물이 난 원로 모임이 충청도를 중심으로 태동된다는 소식을 접했다. 뜻이 같은 사람들이 모여 선비정신을 몸에 담고 회초리를 들어 굽은 것 펴고 잘못된 것 바로잡는 데 행동을 같이하자는 의미로 동심동행(同心同行)이라는 선비단체가 천안을 중심으로 만들어지고 있다는 소식이다.

국정 감사장에서 스마트폰 게임이나 즐기는 의원나리, 입으로는 공정과 평등을 외치며 특권을 즐기는 단체장 나리, 배울 것 없는 이들의 공천권에 빌붙어 살살거리는 무리들에게 진정한 지역 사랑의 모습을 익히게 하고 자존감을 키워주며 나라 사랑의 진정한 모습이 무엇인가를 솔선수범하겠다는 의지를 키워주자는 목적이라고 한다.

정치의 무주공산인 충청권, 대망론을 재점화하고 정치아카데미도 설치하여 정약용 선생의 목민심서라도 읽혀 지방의회의 진출을 꿈꾸는 의원 자질도 향상해 보겠다고 한다. 필자 또한 동의한다. 오죽하면 정치권 도움 없이 회원들의 주머니 털어서라도 이를 감행하려 할까?

인류 역사상 가장 위대한 효장(孝將) 계백 장군, 충무공 이순신 장군, 김시민 장군, 청천 김좌진 장군, 윤봉길 의사, 유관순 열사, 대의를 철학으로 정신문화의 틀을 짜주신 이동녕 선생, 조병옥 박사에 이르기까지 충청 출신 충신열사의 얼을 되찾고자 한다고 한다.

충신열사의 혼이 동심동행(同心同行)이라는 모임과 괘를 같이한다고 하니 지켜볼 일이다.

15

충청권의 희망

JP 김종필 전 총리는 박정희 대통령의 궁정동 피격 사망 후 3김의 봄이라고 했던 김종필, 김영삼, 김대중의 정치적 각축현장에서 흔히들 차려놓은 밥상을 물리고 전두환 일당에게 기회를 헌납했다고들 한다.

그리고 대권가도에서 충청권 시대를 오픈하지 못했고, 그 사이 전두환, 노태우, 김영삼, 김대중, 노무현, 이명박, 박근혜까지 전직 대통령 반열에 올랐다. 작금 문재인 정권 휘하에 이르는 동안 세 분 3김께서는 세상을 하직했다.

JP께서는 평생 2인자로서 정권창출에 공헌도 했고, 캐스팅 보트 세력으로 충청권의 위상도 한껏 올려놓았으나 마지막으로 전국구 비례대표로서도 당선되지 못한 채 추락의 역사 속에 정치를 마감하였다.

필자의 기억으로는 세 분 3김 중에서 정치철학도 지식수준도 언어능력도 심지어 예술적 기량 쪽에서도 탁월했다. 대통령으로서 역할이 주어졌다손 김영삼, 김대중보다 못할 것이 없다는 생각이었고, 그 생각은 지금도 변함이 없다. 정치판에 도사리고 있는 가짜 뉴스나 지역감정의 도발이거나 학연·혈연을 감안해서도 그렇다.

JP 이후에 포스트 JP를 자처하는 사람이 없었다. 인재를 키울 줄 몰랐던 자신의 책임도 있겠으나 충청 민심의 릴랙스한 기질이거나 응집성의 결여가 종합적인 이유라고도 봐지지만 충청 출신 지도자들의 뚝심과 배짱의 결여가 더 큰 이유라고 여겨진다.

이미 흘러간 물로 치부되어야 하겠지만 심대평 충남지사, 이완구 충남지사, 이인제 의원, 최근의 이해찬 민주당 대표, 이제 국회의장이 된 박병석 의원이나 법무부 장관 반열에 오른 박범계 의원 등이 호남이거나 영남 출신이었다면 대권 물망에서 각축의 대상이 되고도 남을 법하기도 하고, 전현 대통령 후보 물망에 오를 만도 한데 그렇지 못한 이유는 무엇인가.

2022년 다가올 대통령 선거에서 여당도 아니고 야당도 아닌 임명직 공직자인 윤석열 검찰총장의 경우 대권 후보자의 지지 선호도에서 우열이 각축되면서 지역별 여론조사에서 충청권이 눈에 보일 정도의 높은 지지율이 예상되었으나 이 또한 평균 수준을 밑돈다.

우리는 반기문 유엔 사무총장의 반짝 인기를 기억한다. 여야를 막론한 호감도가 수위를 넘는다는 분위기가 감지되자 정치권의 무차별 공격에 속수무책으로 무너지는 모습을 지켜보았다. 이때도 이를 지켜주고 책임질 충청권 사람들의 애매모호한 태도와 반기문 총장의 태도나 자세가 그 요인이었다.

지금 정치권은 보수와 진보의 싸움이냐, 영남과 호남의 대립이냐로 분석을 요한다면 필자의 경우는 영남과 호남의 싸움이라고 규정짓고 싶다. 양 세력의 균형과 조화의 기틀을 마련할 캐스팅 보트 세력으로 충청권의 대통령 후보가 만들어져야 할 역사의 기로가 현재 아닌가?

모든 권력이 대통령에게 귀속된 대통령 중심제 하에서 낙후된 충청권의 균형발전과 지역인재의 발굴과 채용도 충청인에게 초미의 관심사이다.

추미애 장관이 윤석열 총장 몰아내기에 급급하여 악수에 악수를 거듭 두는 반사이득으로 이루어진 절호의 찬스를 잡은 정치권 외의 인사 윤석열 총장은 살아있는 권력에 메스를 가할 수 있는 유일한 보배다. 보배가 보배로 지켜질 수 있는 것은 이를 지켜낼 힘이 있어야 하고 이 힘은 국민의 여론이며 이 여론을 주도해야 할 사명은 충청인에게 있다고 지적하고 싶다.

적폐라는 이름으로 전 정권의 비리수사에서 윤석열 총장에게 보냈던 현정권의 박수가 이제 저주가 되어 가는 상황이다. 이를 지켜내야 할 국민적 성원이 꼭 필요하다고 역설한다. 내로남불의 시대, 위선과 위증과 위계로 목적을 향하여 몸부림치는 정치권에게도 윤석열은 반면교사, 타산지석으로 삼아야 할 교훈으로 남을 것을 믿고 바란다.

충신열사와 선비정신이 궐기해야 할 시기가 지금이다.

16

결국
또 충청도인가

중국 우한에서 발생한 신종 코로나 바이러스가 세계를 공포의 도가니로 몰아가고 있다.

세계 최고의 부호 빌 게이츠의 예언이 생각난다. '지구촌에는 핵보다 더 무서운 전염병의 공포가 상존한다'라고 예언처럼 갈파한 사실이다. 지금 등장한 신종 코로나 바이러스를 두고 한 말이나 아닌지.

지구촌이라는 낱말이 우리에게 제시해 주는 의미부터 짚고 넘어가 보자. 70억이 넘는 다양한 인종, 색깔과 언어 풍습은 달라도 그들 모두는 사람이다. 하여 집단을 이루고 그들 고유의 문화를 가지고 삶이라는 정체성을 이어나가고 있다. 쉽게 말하면 살고 있다.

그들에게 천수(天壽)란 생명의 한계를 말함이다. 큰 의미로 볼 때 질병에 의한 사망도 어쩔 수 없는 것이라고 보면 천수의 범주로 여겨야 할지 모르지만 세계는 질병 퇴치를 위한 백신의 개발과 더불어 평균수명의 한계를 극복해 가고 있다. 결국은 극복되겠지만 2% 남짓한 사망률은 인간 공포의 극대화를 향해 치닫고 있다.

세계가 하나 되어 이 난국을 극복해 나가야 할 중차대한 시기에 대한민국 행정부의 대처능력에 대하여 회의가 고개를 든다. 우한을 탈출하려는 각국의 시도가 경쟁적으로 이루어지고 있다. 현지에 있는 한국인의 국내 송환 시도는 적절하게 이루어졌지만 최초로 요구한 한국보다 미국과 일본에게 먼저 국내 송환을 허가해 준 중국의 처사가 불만스럽다.

500만 달러의 의료용품 헌납약속 이행을 위한 중국 당국의 작위적 수순이었는지, 한국 외교력의 한계였는지, 감히 할 말을 다 못하는 문재인 정권의 중국 눈치 보기였는지 자못 궁금하다.

급송해 온 한국인들의 2주간 의료보호 관찰지역의 선정이 또 한 번 지역갈등의 극점에선 충청남도를 맹타하고 있다.

충청권은 인구도 호남권보다 40만 명이 많고 지역도 광활하지만 정치적으로 오지가 된 동토의 땅이 되어 있다. 자살률 전국 최고다. 정부지원 예산 최하위다. 심지어 국회의원 숫자도 인구에 비하여 4명이 적다.

함에도 정치인들의 자기 지역 지키기나 잃어버린 충청인의 명예선양에는 아랑곳하지 않고 공천권 쥐고 있는 여야 수뇌부의 눈치 보기에 급급한 모습이 애처롭다. 충북 진천과 충남 아산은 한국당 국회의원 경모 의원과 이모 의원의 지역구이다. 이들 지역에 이들을 머물게 하는 이유는 그 진의가 어디에 있든 까마귀 날자 배 떨어지는 것 아닌가.

지역주민의 거센 항의를 함께 해야 할 도지사가 오히려 주민 설득에 앞장서 있는 모습을 보노라면 왜 충청도가 정치적 동토의 땅이 되어 있는지를 짐작케 한다. 1차 천안을 점찍었다가 아산과 진천으로 분산수용한 이유도 답을 얻을 수 있다.

천안은 완전 여당 일색 의원이 포진하고 있고 선거를 앞둔 시점에서 이 의원들을 보호해야 할 자기 식구 챙기기의 일환으로 슬쩍 비켜 간 것이다. 필자의 소견으로 봐주기를 바라지만 팩트 아닌가.

어려움에 처해 있는 이들의 고충을 이해하고 포용해야 마땅하지만 심의과정에서 호남권에도 영남권에도 이들을 수용할 시설이 전혀 없었던 것은 아닐진대 소위 한반도의 중원인 충청권에 이들을 머물게 하는 이유를 묻고 싶다. 아예 고민조차 하지 않는 처사 역시 멍청도 핫바지를 대하는 정부의 처사다.

언제까지 당하고만 살아야 하나.

17

왜, 충남이
충신열사의 본향인가

대한민국 전도를 보면 두만강과 압록강을 잇는 평안도를 걸치고 서해 쪽으로 황해도, 경기도, 충청도, 전라도, 제주도, 경상도, 강원도, 함경 도로 이어져 있다. 지정학적 운명으로 봐야 할지 모르지만 강대국이라 고 밖에 표현할 수 없는 소련과 중국 그리고 일본과 조우하고 있다.

한반도란 육지와 바다를 함께 접하고 있는 지정학적 표현이다. 지정 학적 표현에 걸맞는 피침의 역사가 역사 교과서의 페이지 수를 풍부하 게 해 준다. 학자에 따라 다를 수 있지만 966번이나 되는 침략과 수탈의 역사가 바로 그것이다.

비운의 역사 속에 살아남을 수 있게 해 준 사람들, 우리는 그들을 가 리켜 충신열사라고 부른다. 민족혼을 말살하려 하고 침략자들에게 야 욕의 노리개로 전락될 수밖에 없는 바람 앞의 등불 같은 처지에서 용케 도 살아남았다. 충신열사란 우리가 살아남을 수 있도록 스스로의 목숨을 산화하여 한 나라가 통치체제를 지켜 낼 수 있게 해 준 사람들이다.

작용과 반작용을 통하여 '왜 그들이 필요한 존재로 그들의 목숨을 담보하게 하였나'라는 질문에는 '위정자, 소위 임금이라는 자들의 무능과 그 휘하에 있는 간신배들 때문이다'라고 답할 수밖에 없다. 현재 대한민국이라는 국호가 반쪽이 된 이유도 같은 맥락으로 봐야 한다.

현재 우리가 동족상잔의 처절한 비극 6.25로 인하여 지구상 유일한 분단국가로 자리매김 되어 있는 것도 역사적 관점으로 원인을 규명하다 보면 결국 같은 맥락인 것이다.

종교전쟁이나 경제전쟁이 아닌 이념의 갈등을 증폭시켜 동족을 남과 북의 거주지역으로 제한하고 사사건건 불화의 도화선으로 세계의 화약고가 되어 있는 것이다. 풀어야 할 숙제이며 충남이 왜 충신열사의 본향인가라는 테마가 지녀야 할 문제의 함의이다.

고조선의 역사부터 거슬러 올라가기엔 그 자료도 방대할 뿐만 아니라 필자의 지적 한계가 바닥이다. 하여 충남이라는 혹은 충청도라는 지정학적 한계를 거스를 수 없다. 충청도는 남도와 북도로 양분된다. 뿐만 아니라 충신이라는 단어의 의미에 대하여도 생각의 폭을 넓혀야 한다.

예를 들면 고려 말 이성계와 최영의 관계가 그것이다. 위화도 회군의 당위성에 의하면 '새로운 이씨 조선의 등극을 위해서 최영을 제거해야 하는 이성계의 입장으로 봐야 하는 것인지, 고려의 사직을 지키려는 최영의 입장으로 봐야 할 것인지'이다. 이순신 장군을 보는 우리들의 입장과 일본 사람들의 입장이 다를 수밖에 없는 것과는 괘를 달리한다.

이순신이 조선을 지키려 하는 것이라면 최영과 이성계는 토탄에 빠진 고려를 다시 세우려 해야 하는 신진세력과 수구세력의 싸움으로 볼 수도 있기 때문이다. 이성계의 아들 방원이 행한 살육, 수양대군이 조카

단종을 폐위시킬 때 사육신은 어쩌면 역사의 필연일 수 있다.

큰 틀에서 보다 감정적 측면으로 보는 시각에서 충신열사의 한계는 극명하게 차이가 날 수 있다. 하여 패널 여러분에게 가급적 나라를 수호하기 위하여 목숨을 버렸다든가 빼앗긴 충신열사로 제안 드린다.

위에서 이야기한 것처럼 충남의 역사 속에 지워지지 않는 위인들, 우리들 기억 속에 감정의 영역보다 팩트의 영역 속에 살아 숨 쉬는 인물들을 선별하여 그들의 나라 사랑, 하나밖에 없는 목숨을 천수를 다하지 못하고 나라에 바친 사람들 6명을 천하고자 한다.

연보 순으로 하여

계백 장군(660년, 논산) 세계 유일무이한 효장군

최영 장군(1316~1388, 홍성) 고려말의 충신

김시민 장군(1544~1592, 천안) 진주성 싸움의 신화

이순신 장군(1545~1598, 아산) 한산도 해전의 영웅(리더십의 증거)

유관순 열사(1902~1920, 천안) 3.1운동의 불꽃 점화 및 산화

윤봉길 의사(1908~1932, 예산) 독립운동의 산파(이토 히로부미 저격의 영웅)

충신열사의 드러나지 않은 역사 속의 비하인드 스토리, 우리 시대에 이들을 왜 타산지석, 반면교사로 해야 하는지, 후학들의 역사 교과서에서 중요 이슈로 다루어져야 하는지, 날만 새면 먹이사슬로 삼아 정파간의 이익을 두고 거짓말과 궤변으로 국민들을 호도하고 있는 정치인들에 대한 날선 비판을 부탁드린다. 더불어 역사에 비추어 비교를 통하여 날카롭게 분석해 주실 수 있기를 바란다.

충남은 지정학적 관점에서 보면 대한민국 중원이다. 현재 남한만의 중원이기보다 남북한의 중원이다. 서울로 가는 길목이다. 호남선 열차,

경부선 열차가 꼭 거쳐 가야 할 길목이다. 과거 한양으로 가는 길목이기도 했다. 무류한 길손들이 남기고 가는 이야기들이 산재해 있다. 우리가 거주하고 있는 천안의 삼거리는 이별과 만남의 장소였다.

어쩌다가 충청권이 정치적인 미아가 되어 호남권보다 인구도 많고 땅덩어리도 넓지만, 정치세력 하나 만들어 내지 못하고 있는지 자괴감이 든다. 충신열사의 혼을 받들어 단말마처럼 엉킨 정치세력들의 시시비비를 가릴 칼자루 세력 하나 만들어 위대했던 이 고장 출신 충신열사들의 나라사랑에 보답해야 되는 것이 아닌가 싶다.

나라가 위급할 때 국민 된 의무가 무엇인가? 스스로의 양심을 속이며 개인의 이해와 정파의 이익을 앞장세워 부끄러운 역사를 되풀이해야 되겠는가. 역사가 없는 국민, 오도된 가치관의 방관, 정체성의 혼돈을 야기하고 있는 사람들에 대한 척결이 이 시대의 나라 사랑이다.

패널 여러분의 심도 있는 토론을 통하여 충청정신을 선양할 수 있기를 기원하면서 주관해 주신 해솔문화재단의 안창옥 이사장에게도 감사를 드린다.

18

계백,
백제와 함께 산화(散花)한 이름

계백 장군, 그는 누구인가.

그는 백제의 멸망 위기에서 오천 결사대를 진두지휘(陣頭指揮)하여 황산벌에서 나당연합군과 싸웠던 장수요, 전쟁터로 가기 전에 처자들을 패전 뒤 적국의 노비가 되어 치욕을 당하는 것보다 죽는 것이 낫다고 하여 자기의 손으로 죽인 가장이었다.

계백 장군은 역사 속에서 멸망한 나라 백제와 비극의 운명을 같이한 인물이다. 660년 신라와 당나라의 협공으로 백제는 폭풍 앞에 놓인 촛불이 되었다. 나당연합군에 의해 탄현과 백강에서 패배하고 국가의 운명이 경각에 이르렀을 때, 의자왕은 결사대 5천 명을 뽑아 계백 장군에게 붙이고 백제를 구할 것을 명한다.

계백 장군은 5천 결사대와 황산벌에서 나당연합군 5만과 맞서 싸우면서 병사들에게 외쳤다.

"옛날에 월왕(越王) 구천(句踐)은 5천 명의 군사로 오왕(吳王) 부차(夫差)의 70만 대군을 무찔렀다. 오늘 각자 분전하여 승리를 거두어 나라의 은혜에 보답하라. 그리고 제군들이여, 부디 살아서 부모와 처자에게 돌아가라."

계백은 불꽃같이 엄중한 장군이었고 부모와 처자를 사랑한 뜨거운 효장(孝將)이었다. 계백 장군이 지휘한 5천 결사대는 나당연합군 5만 군사와 4차례나 싸워 이겼다. 신라의 화랑 관창(官昌)이 백제군 진영에 왔을 때 계백 장군은 투구를 벗기고 어린 관창을 살려서 돌려보냈다. 관창이 재차 백제군 진영에 왔을 때 그의 목을 베어 돌려보냈다. 그리고 나이 어린 화랑 반굴(盤屈)과 관창(官昌)의 전사로 사기에 오른 나당연합군의 공격에 패배당하고 장렬하게 전사했다.

적의 화살이 계백의 심장을 뚫고 적장의 칼이 목을 베는 순간까지 백제국을 향하여 피어난 붉은 꽃의 거룩한 산화(散花)여, 계백이여!

삼국시대의 역사서의 대명사라 일컫는 《삼국사기》나 《삼국유사》에 계백 장군에 대한 기록은 황산벌 전투에 대한 기록으로 국한되어 있다. 심히 안타까운 것은 백제본기와 계백열전에 쓰여 있는 내용보다 신라의 기록에서 관창열전 등에서 오히려 계백에 대한 기록이 자세하게 남아 있는 편이다.

계백에 대한 기록은 철저히 전쟁의 승자였던 신라의 입장에서 쓰여진 기록이었다. 그럼에도 불구하고 신라인들 역시 계백이 적대국인 백제국의 장수였지만 계백의 인품을 높이 평가했다는 사실은 간과할 수 없겠다.

계백의 행동에 대한 후대의 평가는 분분하다.

《동국사략》을 저술한 고려말 조선초 유학자 권근은 '전쟁터로 떠나기 전에 가족을 죽인 그를 인류을 배반한 처사' 라고 비판했다.

조선 후기 《동사강목》을 저술한 안정복은 '죽지 않는 것이 몸을 보전함이 되는 줄만 알고, 죽는 데 마땅함을 얻는 것이 몸을 보전함이 되는 줄은 모르는 것' 이라고 역설했다.

계백은 결코 후대에게 자신의 이름을 묻지 않을 것이다. 하늘이 무너지고 땅이 꺼지는 역사의 한가운데서 그의 선택은 죽음뿐이었다. 그때 그의 죽음만이 최선의 윤리였고 최후의 애국이었으리라.

천사백 년 동안 우리의 핏줄을 타고 면면히 흐르고 있는 그의 뜨거운 DNA가 지금도 대한민국을 지탱하고 있지 않을까.

19

내포문화의
주역들

충남신문(대표 윤광희)과 사단법인 충청창의인성교육원(대표 최기복)이 기획한 충청남도 지역언론 지원사업, 내포문화의 역사적 인물집중 탐방을 통하여 선비정신의 본향, 충신열사의 고장 우리 지역을 재조명할 수 있는 절호의 기회를 얻었다.

내포지역은 충남 서북부지역을 아울러 가리키는 말로써 비슷한 문화와 의식을 공유하고 지켜온 서산, 예산, 홍성, 태안, 당진 전지역과 아산, 보령의 일부지역을 가리키는 말이다.

이번 기획 탐사를 통하여 내포지역의 지형과 경관, 문화와 역사 등을 조사하고 고증(考證)함은 물론 자랑스러운 역사에 대한 자부심을 고양(高揚)시키고자 한다.

사람과 사람 사이 온정과 사랑이 단절되어 가고 있고, 컴퓨터가 신의 영역을 침범하려는 4차 산업혁명이 도래한 최첨단의 현실에서 정체성을 상실하고 부초(浮草)처럼 떠도는 스스로와 주변을 단단히 고정시킬 수 있는 명분을 발견한다.

온고이지신(溫故而知新)이라는 말을 대입(代入)한다. 그 뜻은 옛것을 익히고 그것을 미루어서 새것을 앎이라는 《논어》의 위정편(爲政篇)에 나오는 공자의 말이다.

지난날의 경험과 자료들을 통하여 현재의 상황을 미루어 평가하고 나아가 미래에 현명한 판단을 하기 위한 지표로 삼아야 할 진리라고 여긴다.

사람이 사람이기를 거절한 현시대에 '효와 인성'을 부르짖는 최기복 원장님께서 주창하시는 말씀이 바로 온고이지신이라고 역설한다.

"역사가 없는 민족은 망한다. 어제 없는 오늘이 없고, 오늘 없이 내일도 없다"라고 역설하고 계신 최기복 원장님의 가르침이 곧 우리의 역사를 바로 알고 현실을 주시하고 미래의 좌표를 정할 수 있는 마지막 잣대라고 여긴다.

그 거룩한 가르침이 지역언론의 선두주자 충남신문의 특집 기획보도와 하모니를 이루고 찬란한 빛을 발하게 되었다.

취재기자들이 진땀을 흘리면서 탐사한 기사문과 강의록에 대한 원고를 독촉하여 송구하다.

특집 기획보도를 마치기까지 시간은 충분하나 교재를 편집하기 위해 서둘렀다. 하여 독자께서 '내포문화의 주역들'(가칭)이라는 책자를 펼치면서 더러는 아쉬운 부분을 발견하더라도 하해(河海)와 같은 아량으로 이해해 주실 것을 간절하게 청한다.

아울러 정치적으로 한겨울 시베리아 벌판같이 꽁꽁 언 땅의 언저리에서 영남의 시녀, 호남의 하녀쯤으로 전락한 충청도의 자존감을 회복하고 어깨에 힘을 주고 우뚝 설 수 있기를 바란다.

명청도와 핫바지라는 오명을 벗어버리고 선현들의 애국(愛國), 애향(愛鄉), 애민(愛民) 정신을 되새기는 기회가 되기를 바란다.

탐사를 통하여 선비정신의 본향, 충신열사의 고장 충청도의 역사를 바로 알고 미래를 향하여 힘찬 출항의 시작을 알린다.

다시 한 번 충남신문사와 (사)충청창의인성교육원에 엎드리어 감읍한다.

20

침묵할 수 없었던
님이여

만해 한용운 시인의 대표적인 시 〈님의 침묵〉 시구(詩句) 중 끝부분은 '아, 님은 갔지마는 나는 님을 보내지 아니하였습니다./ 제 곡조를 못 이기는 사랑의 노래는 님의 침묵을 휩싸고 돕니다' 이다.

시에서 말하는 만해의 '님' 의 대상은 누구인가. 누구는 '민족' 이라 한다. 더러는 '불타' 라고 한다. 그리고 어떤 이는 '연인' 또는 '문학' 이라고 한다.

만해는 일본에게 국권을 침탈당한 일제강점기에 독립선언서를 쓴 33인 대표의 한 사람으로서 기미년 3월 1일 태화관에서 독립선언서에 서명하고, 독립선언서를 낭독하고 만세 삼창을 선창했다. 만해의 '님' 은 분명 대한제국 국가였으리라.

만해는 태화관에서 독립선언식 이후 피체될 경우에 대비하여 첫째, 변호사를 대지 말 것. 둘째, 사식(私食)을 취하지 말 것. 셋째, 보석(保釋)을 요구하지 말 것이라는 행동강령을 제시하였으며, 석방된 뒤에도 조금도 굴하지 않고 민족운동을 계속했다.

성북동에 심우장(尋牛莊)을 지을 때 남향의 집을 짓는 것을 종용하였으나 총독부 청사가 보기 싫다고 동북방향으로 방향을 틀어버렸다고 한다. 또 변절한 친일인사는 단호하게 절교하고 상대하지 않았다고 한다. 만해의 '님'이 누구인가 역설한다면 사족(蛇足)이 되리라.

만해는 1910년 한국불교가 새로운 문명세계에 적응할 수 있는 개혁방안을 제안하고 기념비적인 책인 《조선불교유신론》을 백담사에서 탈고한다.

이 책은 1913년에 발간되었는데 그때부터 만해는 불교의 혁신운동을 일으킨 주인공이라는 정체성을 갖게 되었다. 1919년 3.1운동은 천도교, 기독교, 불교계 등 종교를 초월하여 추진된 전국적이며 거족적인 민족운동이었다.

만해는 불교측 인사들과의 접촉을 위해 동분서주(東奔西走)하여 불교의 선사를 민족대표로 이끌었고, 불교계에 독립선언서를 배포하는 일을 맡았다. 만해는 불교를 통하여 혁신적인 개혁을 주창하고 민족을 구하고자 하였으니 불타 또한 그의 '님'이라고 할 수 있다.

또한 만해는 1920년대를 대표하는 한국의 문학가였다. 만해 한용운의 《님의 침묵》은 한 일간지가 '20세기에 발표된 한국의 예술작품 중에서 고전이 될 수 있는 것들은 무엇인가?'라는 설문조사에서 '시문학(詩文學) 사상 가장 넓고 높으며 깊은 인간성을 표현한 절실한 시'라는 호평으로 첫 번째로 뽑혔다.

만해는 일생에 걸쳐 징용이나 보국단 또는 이른바 황군을 찬양하는 글을 쓰지 않으며 강연도 하지 않았다.

한때 독립운동을 했던 문인들이 변절하고 말았지만 그는 일제의 어떤 강요에도 굴복하지 않았다.

만해 한용운은 그 자신이 시대와의 불화를 피하지 않았던 '님'이었다. 일제와 맞서 싸운 독립운동가였던 만해, 불교개혁을 부르짖은 불타의 제자였던 만해, 빼어난 서정시들을 써서 한국인의 정서의 정화(精華)를 보여주고 고전의 반열에 오른 시인 한용운은 한 시대 불꽃처럼 타오른 님이었다.

일제하에서 국가를 구하기 위하여, 불교의 대중화와 민중 계몽을 위하여, 조선의 독립을 염원하는 문학인으로서 결코 침묵할 수 없었던 님이여!

효와 인성에 대하여

> 66
>
> 교육만이 살 길이라고 입으로 말하는
> 위정자들 자신이 타락의 온상이고 퇴폐의 온실이다
> 10억을 손에 쥐어주면 시키는 범죄행위를
> 거절하지 않겠다는 중학생 숫자가 86%나 된다는
> 조사자료는 왜 한국이 연 13년간 자살 왕국이라는
> 오명을 쓰고 살아야 하는지에 대한 답이다
> 이혼의 왕국, 저출산의 나라
> 불명예를 벗어날 수 있는 유일한 대안 효교육이다
>
> 99

1

설 명절
차례상 앞에서

양대 명절 때가 되면 실향민들이거나 북한에 부모가 계신 5도민들은 망배단에 가서 차례를 드린다. 보통 드리는 차례의 의미는 죽은 자에게 드리는 것이지만 생사가 불분명한 상태에서도 제를 올린다. 죽은 자의 영혼이 제사상 위에 오셔서 운감*하고 흠향*하리라는 생각보다 산 자의 그리움이거나 도리라는 생각이지만 이를 나무라기보다는 장려해야 할 거라는 것이 필자의 생각이다.

제사는 왜 지내야 하는가.

첫째는 부모거나 선영의 유훈을 기리기 위함이다. 보통 가정마다 가풍이나 가훈이 있다. 정직, 성실, 화목 등 의미가 아름답고 본받을 만한 기치들이다. 보통은 부모님 대에서 면면히 전해 내려온 것들이어서 소중하게 여기고 가정의 바이블처럼 되뇌곤 한다. 제주는 이 유훈을 제사의 의미로 손아래 식구들에게 전하곤 한다.

둘째는 천륜의 확인이다. 우리는 생판 모르는 남자와 여자가 만나서 일가를 이루고 태어난 자식들로 하여금 다음 대를 이어간다. 대를 이어가는 행위를 두고 천륜을 이어간다고 말한다. 부모형제란 생태적 한계를 부정할 수는 없는 일이다. 식구라는 이름으로 한 지붕 아래서 한 솥밥을 먹으며 일정기간 단위 공동체로서의 삶을 영위하였고, 이에 대한 기본적 의무와 책임이 그리움 혹은 은혜 갚음이라는 차원에서 꼭 만나 뵈어야 하는 의례다.

더하여 가족 간의 화해와 이해의 장이 마련되고 부모님 생전에 공유했던 음식의 공유와 삶의 정서를 확인하는 장이 마련된다. 사회나 국가라는 공동체의 기본이 되는 행위의 연습이거나 배움의 기초적인 장의 마련이다. 하여 차례를 거르거나 이를 회피하는 가정이라고 하여 가풍도 없고 가통도 없다고 말할 수는 없겠지만 대부분 윗대로부터 물려받지 못한 경우와 경제적 어려움을 이야기한다.

하지만 그렇다하기로서니 아침식사 전 차례상을 준비하여 절을 하거나, 찬송가를 부르거나 묵도로 예를 갖추는 종래의 유교 방식이 아니더라도 행사를 경건하게 치르는 것이 바람직한 일이 아니겠나?

필자가 겪은 이야기 하나를 전해 드리고 싶다. 모처에서 특강이 끝나고 나서 강사 면담을 요청하는 부인 이야기다. 부인은 남편과 사별을 하고 자식 두 명을 키우고 있었다. 남편은 살아생전 부인을 하녀 취급하거나 속된 표현으로 막가는 몸종 수준으로 하대하였다. 부인은 자식 때문에 뛰쳐나오지도 못하고 산다는 것이 생지옥 같았다.

남편은 급사했다. 남편이 급사함으로써 환경의 변화가 있을 것으로 기대하였는데 웬걸 자식 둘이서 남편 살아생전보다 더 그악한 패륜 행위를 저지르고 있었다는 것이다. 어머니가 아니라 막가는 식모 이하의 취급을 받아야 했는데 이를 어쩌면 좋으냐는 질문이 강사를 만나자는 요지였다.

필자는 남편 제사를 지내느냐고 물었다. 지낼 것이라고 말했다.

필자의 훈수는 제사음식을 마련함에 있어 자식들을 대동하고 최고 제수를 장만하라. 최상의 제수품을 선택하고 정성을 다해라. 제사를 왜 지내려고 하느냐고 묻거든 생전에 나의 속죄를 위함이라고 대답해라.

불참하려 하거든 아들 녀석들에게 애원하고 사정해라. 함께 의식을 치르기를 거부하거든 지켜만 봐달라고 해라. 제상 앞에서 밤을 새워 남편의 잘못을 용서하고 그 잘못의 원인이 자신에게 있음을 사죄하라고 훈수를 했다.

그 후 필자에게 연락이 왔다. 자식들이 고쳐졌다는 것이다. 제사상 앞에서 오랫동안 흐느껴 우는 어머니를 물끄러미 바라보던 형제가, "엄마 그만 울어라, 우리가 잘못했다. 아버지가 어머니에게 많이 잘못했다. 우리도 너무 잘못했다." 그렇게 울면서 어머니를 일으켜 세웠다고 한다.

제사가 계기 되어 모자지간의 관계가 정상화되었다. 훈수의 대가로 식사를 모시겠다는 전갈이 와서 이 사실을 공개한다.

명절에 휴양지를 찾아가서 콘도나 펜션에서 제사음식 세트를 주문 배달받아 제사를 지내는 일부 가족들에게 전하고 싶다. 멘탈이 붕괴된 조상숭배 사상은 꼭 자식들에게 전수된다.

필자 자신에게 전하는 말이기도 하다.

*운감(殞感) : 제사상에 차려놓은 음식을 귀신이 와서 맛봄.
*흠향(歆饗) : 천지의 신령들이 제상에 진설한 음식을 받음.

2

물 건너간
대한민국의 인성교육

인터넷 기사를 살펴보다 다음과 같은 기사를 발견했다.

"22일 페이스북 등 사회관계망 서비스(SNS)에는 의정부경전철과 지하철 등에서 중학생들이 노인을 폭행하거나 노약자석에서 시비가 붙은 장면이 촬영된 영상이 돌고 있다고 한다.

해당 영상을 보면 중학생으로 추정되는 남학생이 여성 노인의 목을 조르고 바닥으로 넘어뜨리는 등의 모습이 담겨 있다. 두 사람은 서로 심한 욕설을 주고받기도 했다.

또 다른 영상 속에서는 지하철 노약자석에 중학생으로 보이는 남학생이 앉아 있다가 남성 노인과 시비가 붙어 욕설을 하다가 되레 훈계를 듣는 장면 등이 찍혔다.

한편, 이 영상은 영상 속 학생들이 직접 촬영해 올린 것으로 알려졌다."

지난해 필자가 또렷하게 기억하고 있는 대구에서의 사건은 수업시간에 잠자는 학생을 깨우자 화가 난 학생이 복도로 나가며 욕지기를 하였다. 이를 달래려고 학생 뒤를 좇던 교사가 학생의 폭력으로 코뼈가 부러졌다는 기사를 접했고, 몇 달 후 대전에서는 수업시간에 임시직 여교사의 머리채를 잡아 휘두른 중학생의 기사를 읽었다.

더 아연할 기사는 10억을 주면 당장 범죄행위에 가담하고 감옥으로 가겠다는 중학생이 86%였다는 기사였다.

신문의 사회면에서 잠시 회자되다가 사라져 갈 일회성 청소년 문제겠거니 하거나 혹은 이들이 몇이나 되겠냐는 편안한 대처가 대한민국의 미래를 골병들게 하고 있다는 사실에 아연하지만 더 아연할 일은 예방교육이거나 장기적 대안 마련에 머리를 맞대고 고민하고 인성교육의 획기적 변화를 위한 국민적 공감대 형성이 얼마나 시급한 것인가에 대하여 둔감하다는 것이다.

중학생의 나이는 13세 전후다. 이스라엘에서는 성인식을 하는 나이이기도 하다. 감수성이 예민하기도 하고 보통 사춘기라고도 일컫는다. 일련의 사태에 대한 책임은 1차적으로 부모에게 있고, 2차적으로는 교사에게 있고, 사회에게 있다. 특히 볼썽사나운 정치권의 언행에 있다.

교사의 교권은 무너지고 학생 인권이라는 미명 하에 회초리가 복원되지 않는 한 악순환의 골은 깊어지고 사회는 약육강식의 짐승사회보다 더 간특해지고 차마 눈 뜨고 볼 수 없는 일들이 도처에서 발생하게 될 것이다.

경찰관이 강도가 되어 금은방을 털고 법무부 장관이 아침저녁으로 거짓을 말하고, 유전무죄 무전유죄가 거의 모든 죄수들의 억울한 변론 사유가 되어 있는 대한민국이 이나마 굴러가는 이유는 아직은 선량한 국민이 사악한 무리들보다 훨씬 많다는 것이다.

어떻게 해야 되나, 악화가 양화를 구축하는 잘못된 시대정신을 바로 세울 수 있는 대안은 없을까? 초강대국이라고 하는 미국 국민은 확률적으로 불이 꺼지면 강도로 돌변할 확률이 많고 한국은 등불을 밝혀 길을 안내한다고 한다.

모든 것을 법으로 해결할 수 있는 나라는 없다지만 법이 없어도 약자에 대한 측은지심과 신으로부터 부여받은 양심은 인간에게 부끄러움(수오지심; 羞惡之心)을 알게 하는 인간만의 전유물을 안겨 주었다. 이는 태교부터 시작되어야 하는 인간의 기본 소양이며 이를 제대로 교육하지 않으면 사람의 탈을 쓴 악마나 악귀로 변한다.

입으로는 교육 제일주의를 부르짖는 전교조 교사들은 지금 벌어지고 있는 패륜 행위들을 보면서 왜 침묵하고 있는지도 자못 궁금하다.

효행문화의 새로운 발견

― 삼대가 효의 필요성과 효과

길을 잃고 헤매는 윤리기준의 실종은 4차 산업혁명시대라는 변환과 정과 만나서 재기불능의 사태에 처해 있다.

컴퓨터문화가 신의 영역에 도전장을 내고 AI의 기능이 사람을 지배하는 시대가 도래했다. 더하여 대가족제도의 붕괴가 몰고 온 가족해체는 그 정도가 형언할 수 없이 심각하다.

중학교 교실에 들어가 학생들에게 묻는다. 어머니와 아버지가 함께 사는 학생은 얼마나 되느냐는 질문이다.

1/2 수준이다. 산업사회의 도래와 함께 무너진 대가족제도에 이어 우리는 핵가족시대를 맞이하였고, 뒤이어 핵가족제도도 붕괴를 거듭하여 한 지붕 아래 살면서 하루 세 끼 중 한 끼의 식사도 가족이 함께 하지 못하고 뿔뿔이 흩어져 일터나 학교로 가는 나노가족 현상이 자연스럽게 다가왔다.

이어서 출퇴근이나 등하교에 보내는 시간이 아깝다는 이유로 독거가족시대가 찾아왔고 반려동물과 함께 기거하는 혼밥족의 숫자가 기하급수적으로 늘어간다.

애완견이나 고양이와 보내는 시간보다 컴퓨터 게임이거나 인터넷의 세계를 유영하는 혼밥족은 이제 개와 고양이와도 결별하고 모니터 앞에서 듣고 보고 즐기면서 생활의 행태를 바꾸어 간다. 이름하여 사물인터넷 가족시대다.

진일보하여 찾아온 4차 산업혁명시대는 로봇과 스위치를 통하여 행동영역과 사고영역의 대전환을 가져오게 된다.

지금 우리가 당면하고 있는 현실이다. 줄기세포를 통하여 치료용 인간을 복제하여 만들고 필요한 만큼 사용 후 용도 폐기하여 소각장에 버리는 시대가 오지 않을 것이라고 누가 장담할 수 있을까?

이 경우 사람과 사람 사이의 관계는 어떻게 될까. 실로 아연하다. 가족이라는 개념은 어떻게 정립하여야 할까?

가족윤리와 가치질서를 어떻게 지켜내야 할까? 설마 어떻게 되겠지, 하는 기대 속에 패륜 범죄와 패역 범죄는 날로 기승을 부리고 비윤리적이고 비도덕적인 일상 속에 인성은 동물의 그것만도 못하게 퇴락되어 간다.

교육만이 살 길이라고 입으로 말하는 위정자들 자신이 타락의 온상이고 퇴폐의 온실이다.

10억 원을 손에 쥐어주면 시키는 범죄행위를 거절하지 않겠다는 중학생 숫자가 86%나 된다는 조사자료는 왜 한국이 연 13년간 자살의 왕국이라는 오명을 쓰고 살아야 하는지에 대한 답이다.

이혼왕국, 저출산의 나라라는 불명예를 벗어날 수 있는 유일한 대안은 효교육이다.

차제에 대전의 한국효문화진흥원에서 행하고 있는 3대가(三代家) 효 캠페인이야말로 발상도 탁월하고 효과도 만점이다. 조부모세대, 부모세대와 함께 삼대가 어울려 가족애를 새기며 은혜와 감사를 공유하는 캠페인이기에 꼭 장려해야 할 사업이다.

이스라엘에 효교육이 필요 없는 것은 3대가 함께 살고 있기 때문이라는 것도 첨언한다.

가족의 소중함을 통하여 내 이웃과 사회의 관계 또한 나눔과 소통의 시너지를 기대할 수 있을 것이다.

4

인성교육의
현주소

2018년 인성교육진흥법이 국회입법으로 통과 제정되었다. 자식이 부모를 극살하는 패륜 범죄와 세상을 하직하려는 자살자의 속출, 내로남불이 팽배한 개인주의 사조는 시정되어야 할 국가의 덕목이면서 정치의 화두가 아니었던가?

모법이 국회를 통과하였고 각 시도에서 조례로 제정이 되었어도 달라진 것이란 눈을 씻고 보아도 찾을 수가 없다. 아니 어쩌면 정도가 더 심해지고 있는 듯하다. 시도 조례가 제정이 되었어도 첫해는 미동도 하지 않던 지자체에서 표현상 어쩔 도리가 없었던지 정말 쥐꼬리만 한 예산을 세워 공시를 통해 공모라는 이름으로 인성교육사업을 하겠다는 의지를 표명했다.

이 나라의 미래는 교육으로 밖에 승부를 낼 수 없다고 주장해 온 터라 필자는 돌아가신 부모님을 만나 뵙는 것처럼 반가웠다. 그러나 이를 집행하는 시·군·구의 교육담당 주무관과 주무부서의 공무원들의 무성의와 무지는 가히 필설로 표현하기가 어려웠다. 그들은 하나같이 교육의 필요성은 공감했지만 인성의 정의를 아는 사람이 별로 없었다.

인성이 맹자의 성선설에 근거하여 착하기만 한(善) 것이라면 왜 교육이 필요하며, 세상이 인면수심(人面獸心)으로 변해 갈 것인가에 대한 회의나 고민은 별개로 하고 책정된 예산을 교육 효과적 측면보다 선심예산으로 활용하고 있었다.

형식상 심의라는 통과의례를 거치지만 주무부서의 인맥을 찾아 심사위원이라는 직책을 부여하고 전문성보다 일반론적 관점에서 시행기관을 결정하고 있었다.

예를 들면 문화라는 것은 살아 숨 쉬는 자연과 더불어 인간의 보편적 가치를 추구하여 계승 발전시키는 것이라고 정의할 때 문화사업은 가치추구 사업이다. 함에도 충청남도나 천안시의 위탁업무를 지정받은 문화재단의 담당 주무들의 머릿속에는 대중문화만이 문화로 자리하고 있는 듯하였다.

효문화는 세계 유네스코에 등재를 목표로 하고 있는 한국 최고의 문화유산임에도 이의 취급을 꺼려하고 있고, 자신들의 업무와는 무관한 듯 이맛살을 찌푸린다.

인성과 효의 관계는 주지하는 것처럼 선행(善行)을 모토로 하고 있다. 효는 부모를 비롯하여 세상을 살면서 자신에게 혜택을 준 모든 이들에게 은혜를 갚는 것이고 이를 위해서는 사람이 갖추어야 할 품격이 골격을 갖추어야 한다. 인간의 품격이 무너지는 모습을 보면서 이 나라에 미래가 있을까를 우려하는 사람들과 이를 지켜 내려는 가없는 노력이 그나마 위로가 된다.

이를 위해 국가적 역량을 총동원해야 마땅하다. 때문에 모든 공직자 자신이 인성교육의 피교육자이면서 교육자가 되어야 하고 솔선수범해야 한다. 온갖 미사여구를 동원하여 국민을 호도하는 정치꾼들의 범람, 많이 배우고 누리는 몇몇 위정자들의 위선과 가증스러운 작태 속에 배울 것이 무엇이며, 인성교육은 해서 무엇 하느냐는 자조가 팽배해지면 팽배해질수록 멸망은 가속도가 붙는다.

날만 새면 세 치 혀끝으로 양산해 내는 거짓말과 근거 없는 가짜 뉴스로 민심을 호도하는 세력이 진짜 적폐세력이며 적폐를 청산한다고 적폐의 탑을 더 높이 쌓아 올리는 세력이 '나라 팔아먹는다' 라는 사실을 어렴풋이나마 깨닫는 순간 보트 피플로 목숨을 저당 잡혀야 하는 현실이 되지 않을까 우려된다.

인성교육은 목민심서조차 읽어보지 않은 모리배 같은 정치권 인사들과 자기 밥그릇 지키기에 혈안이 되어 있는 철밥통 공직자들에게 가장 필요한 교육이다. 인성교육장에 들어와 교육은 받지 않고 표 구걸하고는 교육 분위기 깨고 나가는 선출직 의원나리들에게는 더할 나위가 없다.

최근 인성교육 예산 받다가 강좌 팔이하는 비인성교육자도 나타나고 있는 것을 보니 이 나라에 인성교육은 없는 것 같다. 돈만 준다면 살인이라도 하고 감옥에 가겠다는 중학생이 86%인데도 이 나라 이대로 가야 할 것인가? 내로남불만이 살아가는 방법이라면 본능만 존재하는 미물세계보다 하등 나을 것이 없다.

5

중학생이
선생님을 개 패듯

뉴스거리가 참 많다.

개가 사람을 물면 뉴스거리가 못 된다. 사람이 개를 물면 뉴스가 될 것이다. 세퍼드가 어린아이를 물어 죽이는 경우가 뉴스가 된다면 어린아이가 세퍼드를 물어 죽이는 경우는 톱뉴스로 지상에 대서특필 될 수 있을 것이다.

산해진미 같은 뉴스의 홍수 속에서 기가 막히는 패륜 뉴스는 기억되지 말았으면 하는 염원을 갖지만 늘 걱정거리로 뇌리에서 사라지지 않는다. 수업시간에 자고 있는 중학생을 깨우는 선생님의 모습은 가히 존경받아 마땅하다. 이를 불쾌하게 여기고 복도로 나가는 학생을 뒤따라가는 선생님을 돌아본 학생은 선생님의 얼굴뼈가 함몰되도록 폭행을 했단다. 소위 개 패듯 때렸다고 한다.

충분한 뉴스거리다. 이 뉴스가 뉴스로 자리 잡으면서 왜 교권이 이토록 추락되었는지, 대안이 무엇인지 소리가 없다. 선생님을 개 패듯 팬 학생 처벌을 위한 법정 기소만이 해결책인 양 뉴스는 여기서 멈춘다.

부모가 자식에게 죽임을 당하는 세상에서 어린 학생이 선생님을 폭행하는 것쯤이야 대수로운 것이 아니라고 치부하는 것일까? 그 부모는 학생의 법정 처벌을 모면하는 길을 고심하면서 애가 왜 그렇게 되어 버린 것인가에 대하여는 반성의 기미조차 보이지 않는 것은 아닌가.

인성교육이 왜 필요한 것인가를 역설하면 비웃음으로 일관하는 학교 당국의 처사, 그런 짓하다 이들 대학 입학시험에 떨어지면 책임지라고 윽박지르는 학부모들의 모습에서 어쩌면 대구에서 발생한 아연할 수밖에 없는 중학생의 교사폭행은 당연한 귀결일 수도 있다.

가정교육의 부재, 학교교육의 허와 실, 내로남불의 사회, 자유민주주의의 정체성을 상실해 가는 국가가 총체적으로 책임지고 반성해야 할 기재를 선물 받은 것이라고 생각하고 동일한 사건이 두 번 다시 이 땅에 발붙이지 못하도록 대안을 연구하고 실천해야 한다.

필자는 본란을 통하여 학교는 인재(人才)를 양성하는 곳이 아니라 인재(人災)를 양성하는 곳이 되어간다고 탄식의 글을 탑재한 바 있다.

이를 방관하면 수업시간에 자는 학생 잠 깨우다 개 맞듯 맞아야 하는 선생님이 속출한다고 가정해 보자. 한 마디로 수업시간은 개판이 된다. 학생들 비위 맞추기에 급급한 교사들의 위상이 처참하다.

고교평준화를 위하여 자립형 사립고를 없애고 특목고를 없애는 것만이 이를 위한 처방인가? 교육부 장관은 왜 이런 사건에 침묵하고 있는 것인가. 효문화 장려 및 지원에 관한 법률과 조례, 인성교육진흥법은 사장된 채 각급 지자체 단체장들은 왜 먼 산만 바라보고 있는 것인가?

6

인재(人才)가
인재(人災)인 세상

말세가 가까워지면 인심도 말세가 되고 인성은 처참하게 일그러진다.

11월 4일 천안 소재 모 중학교에 학생들의 꿈과 끼를 소재로 하는 강의에 들어갔다. 예산관계로 인하여 필자는 무료 서비스 강의를 했고, 다른 강사들에게는 소정의 강사료를 지급했지만 자라나는 꿈나무들과의 만남이어서 필자는 설레기까지 했다.

강사의 첫 질문은 '여러분은 왜 학교에 나옵니까' 였다.

앞줄에서부터 나온 대답은 '갈 데 없으니까', '엄마가 가라고 하니까', '점심 얻어먹으려고', '놀 데가 없어서', '배우려고' 등의 순이다. 기가 질린 탓으로 말문을 막으려 하자, 뒷줄에서 한 학생이 소리를 지른다.

"선생님! 행복하려고요."

행복이 무엇이냐고 묻자 입을 닫는다.

학교라는 자전(字典)적 의미, 학생이라는 자전적 의미를 바꾸어야 하는 것 아닌가? 이 시대에 인재(人才)가 길러질 수 있을까? 인재양성소가 학교일까? 가정에는 부모가 있고, 학교에는 교사가 있는 것인가? 학부모의 자식에 대한 열망은 사람답게 성장하는 것을 원하는 것인가. 돈 버는 기계를 만들거나 사회적 위치를 선점하여 군림하고 호령하는 자를 만드는 것을 원하는 것인가?

학교 입구에 '학생 중심 학교' 라는 현수막이 슬로건으로 걸려 있다. 학생이 갈 데 없어서 오는 학교, 놀 데 없어서 오는 학교, 점심 먹으러 오는 학교, 보낼 데 없어서 보내는 학교가 학생 중심 학교라는 말인가?

2025년에는 전국의 특목고, 국제고 등을 일반고등학교로 전환시키겠다는 정부 당국의 발표가 잇따른다. 가정에 부권(父權)이 사라지고 학교에 교권(敎權)이 사라진 지 오래다. 학생인권을 주창하는 전교조 교사들에게 묻고 싶다. 학생 인권을 침해하거나 찬탈하는 비인권 세력이 누구냐고? 지킬 것 없는 허허벌판에 선 문지기가 필요한 것인가를….

말로 말 만들어 교묘하게 언어의 사술로 사람을 혼동하게 만들어 숨어 있는 불순 의도로 목적을 달성하려는 저의를 가진 자들의 천국이 되어가고 있는 학교 당국을 보면서 기가 질린다.

여기에서 배출된 학생들이 인재(人才)가 될까? 인재(人災)가 될까?

수업 자세 또한 불량하다. 스승의 그림자도 밟지 말아야 한다는 것은 옛말이기는 하지만 그 뜻은 교권의 위엄을 상징적으로 나타내는 의미일진대 교권은 없어지고 학생인권만 존재한다면 이제부터는 스승이 학생의 그림자를 밟으면 안 된다는 세상이 되어가고 있다는 말인가.

눈앞의 편익에 취해 지구가 멸망의 궤도에 진입해 있는 것처럼 바보의 평준화를 통하여 인재(人災)의 수난시대가 다가오고 있다.

대한민국은 정치인들의 놀이터나 밥줄이 아니다.

78분의 광란

짐승은 먹이를 위한 싸움과 집단의 방어 혹은 암컷과 수컷의 영역을 지키기 위하여 싸움을 벌인다.

그러나 위험을 느끼지 못하고 있거나 배가 부르면 상대에 대하여 공격을 하지 않는다.

하물며 사람이 사람을 공격하는 이유는 분노라든가 이해의 감정이거나 청부폭력이나 청부살인, 최종적인 것은 전쟁 등으로 사람이 사람을 해친다.

그도 목적이 달성되면 화해를 하거나 싸움을 멈춘다.

상대를 집단폭행하여 결국 죽음에 이르게 한 중학생들은 누구인가. 저항능력 없는 동료 학생을 78분간 무차별 구타하며 살의를 갖게 하였기에 죽음을 방조하거나 사주한 것이 아닐까? 그 부모가 누구며 소속 학교와 교사는 누구인가를 묻고 싶다.

집단폭행에도 이유와 명분이 있어야 하거늘 언론보도에 의하면 아버지가 누구를 닮았다는 이야기라면 아무리 감수성 예민한 학생이라도 무차별 구타의 이유가 되기는 어렵다는 생각이다.

더구나 집단폭행을 통하여 죽음에 이르게 했다는 것과 만약 피해 학생의 선택이 막장에 이를 수 없었다면 78분이 아니라 그 시간의 끝은 어디였을지 생각하기만 해도 두렵다.

필자는 인성교육기관의 책임자다. 본란을 통하여 학생의 인성교육에 대하여 누누이 사례를 들면서 정서를 바꾸어 나가고자 제안성 칼럼을 게재한 바 있다.

초등학교 및 중학교에 무료 인성교육을 해 드리겠다고 제안을 했음에도 천안의 경우 1/10의 학교도 호응이 없다. 필요성을 인정하는 몇몇 학교에서도 학부모의 클레임을 학교장은 두려워하고 있었다.

인성교육한다고 입시과목 외의 교과과정이 대체된다면 우리 자식 좋은 학교 못 간다, 그 책임이 당신에게 있다고 윽박지른다고 한다. 78분의 집단폭행에 의하여 동료 학생의 극단적 선택을 통하여 죽음에 이르게 한 학부모에게 묻는다.

자식은 부모의 모습을 닮는다고 한다. 아이들을 그렇게 만든 이유가 당신들에게 있는데 왜 당신들은 처벌받지 않는가?

사랑받지 못하고 자란 아이들은 결코 사랑할 줄 모른다고 한다. 학교와 담임선생님에게 묻는다.

학교가 고의적으로 학생들에게 집단폭행을 사주한 일은 없겠지만 그 결과를 두고 우리는 책임이 없다고 발뺌을 하고 먼 산만 보며 학교의 이름이 언론에 회자될 것만을 두려워할 것인가?

혹여 인성교육해 드리겠다고 제안했을 때 아이들 입시교육에 지장이 있다는 이유로 거절한 일은 없는가를 묻고 싶다.

날만 새면 이념 논쟁에 내로남불을 바이블처럼 되뇌며 실천하고 있는 고위층 인사들과 정파들의 치가 떨리는 싸움판을 보면서 성장하는 이들에게 떳떳한가를 세 번째로 묻고 싶다.

도덕적 잣대는 고무줄이 되고 윤리의 개념은 모호해졌다. 학생인권조례를 운운하며 학생인권은 스스로 지켜야 한다며 스승을 타도의 대상으로 하여 투쟁을 선동하는 선생님이 존재하는 한 78분간의 광란은 언제 어디서 어떻게 뛰어나올지 모른다.

제2, 제3의 광란은 멈추지 않을 것이다.

창의는
어디서 오는가

창의(創意)란 무엇인가? 사전적 의미라면 새로운 의견이나 생각이다. 그 반대말은 사전에 없다. 사전적 의미로 말을 만들어 낸다면 기존의 생각이나 남과 공유하고 있는 의견쯤으로 봐야 될 것 같다.

관습의 틀, 모방의 틀을 깨고 부정되거나 고개를 갸우뚱해야 하는 새로운 생각을 만들어 낸다면 이것을 우리는 창의라 불러 마땅하다고 생각한다.

스스로의 현재가 최고라는 자만을 가진 사람이거나 남의 이야기에 귀를 기울일 줄 모르는 사람이 새로운 아이디어를 내고 그 아이디어로 세상을 새롭게 바꾸어 나간다는 것은 상상하기 어렵다.

우리는 작금시대를 융복합시대라고 부른다. 기존의 사고가 틀을 벗어나기 위하여 새로운 것과 접목되어야 한다. 새로운 것은 있을 수도 있고 만들어져야 하는 것이기도 하지만 찾아내려는 노력이 수반되어야 하고, 그 노력은 관심을 기울이지 않으면 결과를 얻어 낼 수 없다.

더 중요한 것은 현재다. 현재는 과거 위에 서 있다. 과거 없는 현재란 기준이 모호하기 때문에 좌표 자체가 흔들릴 수밖에 없다. 어제와 오늘이 있어야 내일을 예측할 수 있고 그 예측을 벗어나게 하거나 벗어날 수 있게 하는 것이 창의다.

어제와 오늘을 토대로 하여 내일을 보다 새롭게 만들고자 하는 것이 복합이요 융합이라고 보면 된다. 인류 역사는 끊임없이 인간의 두뇌 속에 살아 숨 쉬는 융복합 의지로 인하여 새롭게 발전되어 왔다. 정신사적 의미로는 다람쥐 쳇바퀴처럼 돌아가고 있지만, 물질의 역사는 상상을 초월한다.

세계를 품에 안고 있는 빅 데이터의 위력, 제4차 혁명시대를 예고하고 있는 AI 로봇이 그 예다. 인간이 로봇의 두뇌 속에 인간의 간특함이나 사악함을 심어 인류를 농락한다면 지구는 순식간에 멸망의 궤도로 진입하게 될 것이다.

선(善) 의지를 심어 인류 파괴를 금기의 선언적 명제로 선택하게 한다면 이야말로 금상첨화가 아니겠나.

하여 창의란 현재를 전제로 하여 얻어질 미래의 가치이어야 한다. 정치, 경제, 사회, 문화의 모든 영역에서 얻어질 보편적 가치를 말하는 것이다.

이 가치는 어디에서 오는 것인가. 모방에서 온다. 경청에서 온다. 이해와 포용에서 온다. 유연한 사고와 역지사지를 통해서 얻어진다. 독선과 오만, 자만과 오기는 창의와는 차단될 수밖에 없는 장벽이다.

적폐라는 이름으로 형성되고 있는 역사 왜곡이나 역사 부정은 어제의 잣대로 재단된 어제를 부정하는 행위이고, 새로운 내일을 향한 융복합식 창의를 막는 행위일 수도 있다.

공무원의 권위를 지키기 위하여 이중, 삼중으로 요구하는 행정 요식 서류, 선명하지 못한 이기적인 작태의 여지를 묵과하는 이현령비현령식 원칙 없는 행정 등 지금까지 국민 불편을 야기하고 있는 제반 사안들이 적폐다.

불(火)이 없어 부싯돌을 쳐서 불을 만드는 원시인들을 방화위험군으로 분류, 현재의 법으로 소급 적용하여 처벌하려 한다면 소도 웃을 일이다. 창의란 서로가 서로를 위해서 희생하고 봉사하려는 착한 의지에서 얻어지는 결실이다.

인정하라! 용서하라! 사랑하라! 그러나 잊지 마라!

낙태는 무죄인가

– 안일한 선택

낙태를 해야 하는 이유를 묻고 싶다. 부정한 짓, 짓밟힌 성적 학대를 통해서, 키울 수 있는 능력도 여건도 안 되어서, 성적 자기 주도권을 운운하면서 자기 주도적으로 이루어진 성행위의 결과로 생겨난 생명, 그것도 부모의 DNA를 물려받은 생명을 의사의 메스로 제거하는 일에 별 고민 없이 손을 들어준 사법부와 이를 환영하는 여성단체 회원들의 모습을 보면서 세상이 두렵기만 하다.

천륜을 메스로 끊어내는 일이 당사자들은 더 어렵고 힘들겠지만 때로 자신을 잉태하여 먹이고 입히며 오늘을 만들어준 부모가 낙태라는 이름으로 의사의 메스로 끊어냈다면 세상에 존재하지도 않았고 이런 일도 없었으리라는 생각을 안 해 보지는 안 했으리라.

낙태를 해야 할 사유는 있다.

그 사유를 만들어 낸 것은 자신이다. 자신은 그 책임으로부터 자유로

울 수 없다. 더하여 이제는 성윤리라는 것은 존재할 가치가 없는 것일까? 즐기되 책임은 싫다.

작년 통계로 대한민국의 가정은 출산율이 0.98%라고 한다. 과거 하나만 낳아서 잘 키우자고 하여 예비군 부대에서 남자들 정관수술을 장려하며, 인구증가가 국가적 문제로 대두되었던 시절도 있었고, 최근 한 가정 한 아이 더 갖기 운동을 장려하여 애 많은 가정에는 두둑한 보너스를 주기도 하는 시책이 시행되기도 한다.

그러나 출산율은 더욱 줄고 있고 이제 낙태까지 합법화되어 버렸다. 공중화장실에 버려진 생명, 길가 쓰레기통에 버려진 태아의 사체 기사를 보면서 차라리 그보다는 낙태가 낮지 않을까를 생각해 보기도 했지만, 법으로 이를 보장해 주는 것은 잔인하다는 생각을 갖게 한다.

지금 출산 장려하고 외국계 여성들을 불러들여 이들과 만들어 내는 인구만으로 수요를 충족해 줄 수 있을까? 차라리 낙태를 합법화하지 말고 국립 육아시설이거나 지자체별 시설을 통하여 나라에서 키우는 것도 생각해 볼 만한 것이 아닌가? 개념 없는 부부들의 아이 학대로 가정이 파탄되고 나라에 짐이 되는 일이 허다하지 않은가?

생명윤리가 무너지고 나면 찾아오는 것은 가치관의 혼돈이다. 그리고 나면 약육강식의 본능사회가 도래하고 본능이 시대를 지배하다 보면 짐승만도 못한 미래사회가 열린다.

그러나 인간사회는 짐승사회보다 더 힘들다. 인간의 사악한 본성이 짐승의 동물적 본능보다 더 악하기 때문에 스스로 블랙홀에 빠져 되돌아오지 못한다.

내 생명은 소중하고 내가 만든 생명은 그냥 버려도 된다는 근저의 의식구조는 곧 타인의 생명, 인격, 소유권 등에 관하여 몰인정하고 유아독

존적이다.

　과거 우리들의 어머니들은 5∼6남매를 키우며 자신의 인생을 오로지 자식들을 위해서 포기하고 사셨다. 초근목피(草根木皮)하시며 보리쌀 한 톨도 자신의 목구멍에 넘기는 것을 죄악으로 여기며 소매 끝에 눈물 마를 날이 없었다.

　이 시대의 어머니들은 혼전이거나 혼후(婚後)이거나 참 자유스러워서 좋겠다. 아직 법문에 잉크도 마르지 않았는데 피켓 들고 낙태약 빨리 수입하라고 데모하고 있는 모습들을 보면서 참 오래 살았다는 생각을 해 본다.

10

교수님,
안중근 의사는 어느 과 의사인가요?

안중근 의사는 1870년에 나서 1910년 뤼순감옥에서 형장의 이슬로 사라지기까지 31년을 살았다. 독립을 향한 그의 불꽃같은 삶이 불꽃으로 승화하게 되는 마지막 순간은 일본 판사에게 불호령을 내리는 법정에서의 마지막 진술이었으리라.

'왜 이토 히로부미(伊藤博文)를 저격하고 도망가지 않았느냐'는 질문에 '침략자들을 향한 단죄다. 나는 죄인이 아니다. 사형보다 더한 형벌은 없는가?'

육체는 순간에 살고 정신은 영원히 남는다. 그는 갔지만 그의 혼은 역사에 남는다. 누구에게도 자신의 목숨은 존엄하다. 평균 수명을 넘긴 나이에도 몸에 위험신호가 감지되면 병원을 찾는 것만 봐도 그렇다.

이미 죽음을 각오한 그의 떳떳한 일갈에 그를 재판하려던 일본 법관들은 적이 안도의 숨을 쉴 수 있었으리라. 이미 결정된 그의 죽음에 대한 법정 심리를 할 필요가 덜했을 테니까? 재판이라는 통과의례를 거치는 것일 뿐 누구든 그의 사형은 조선인이든 일본인이든 예상하고 있었던 사안이었다.

광복절 전후 필자가 조국의 독립과 독립군의 위상을 강조하며 우리의 독립에 대한 얼을 심어 주려고 찾은 중학교 2학년 교실에서 일어난 일을 소개하고자 한다.

웃어 넘기기에는 어이없는 일이었다. 보드판에 안중근 의사라고 메인 타이틀을 쓰자 손을 번쩍 든 학생이 있었다.

자신만만하게 묻는다.

"교수님! 안중근 의사는 외과 의사인가요. 내과 의사인가요?"

"와아!" 하고 웃음소리가 교실을 꽉 메울 줄 알았는데 의외로 교실 안은 썰렁했다.

그 학생은 의사(醫師)라는 낱말의 의미만 알았지, 의사(義士)라는 한자어의 의미는 모르고 있었을 뿐만 아니라 여타의 학생들도 그랬던 것 같다. 사람 살아가는 데는 그의 지나온 발자취가 살아갈 미래에 대한 방향을 결정한다.

개인이든 국가든 역사가 없다면 좌표를 설정하기가 힘이 든다는 이야기이다. 우리나라가 역사가 없는 민족이었더라면 우리는 야만민족의 대열에서 벗어나지 못하고 있다는 것이다.

컴퓨터의 자판이, 스마트폰의 화면 터치로 우리가 추구하는 세상의 지식과 상식을 다 얻을 수 있으리라는 것은 착각이다. 가정이 필요한 이유, 학교가 필요한 이유 중 간과해서 안 되는 것이 자신의 성장 역사를 깨닫고 스스로의 정체성을 통해서 살아갈 미래에 대한 꿈을 정립하는 것이고, 그 꿈은 살아가는 이유가 되기 때문이다.

45분간의 교육시간을 마치고 교실을 나오며 역사교육을 하고는 있는지, 하고 있겠지만 어떻게 접근하고 있는지 망연자실할 수밖에 없었다.

타임머신을 타고 당시 상황으로 되돌려 놓고 지금의 청장년들에게 독립을 위해 안중근 의사처럼 산화할 의지를 지니고 있는 사람을 찾는다면 누군가 손을 들고 '저요' 하며 스스로 앞으로 나올 사람을 만들어 내는 교육이 필요할 것 같다.

고등학교 교실에서 지금 10억 원을 준다면 시키는 범죄행위를 하고 감옥으로 가겠다는 학생이 44%인 현실에서 안중근 의사는 저승에서 무슨 생각을 하고 계실까?

11

유대인의
회초리 교육

유대인 랍비를 초청하여 회초리 문제를 두고 그들의 견해를 들어본 일이 있다.

대한민국은 여하한 경우에도 회초리를 들어서는 안 된다. 아동학대나 부모폭력은 법률로 금지되어 있다. 그 목적이 교육적이라 하더라도 회초리를 맞는 자식이거나 이웃이 고발하면 회초리를 든 부모나 교사는 형사처벌을 받게 되어 있다.

과거 서당이나 학당에서는 으레 회초리는 훈장으로 불리는 선생님의 교육용 체벌 도구이다. 필자가 해병대 장교교육 시절 훈련 도중에 '배트'라는 야구방망이로 엉덩이를 얻어맞으며 그 고통을 참아내었던 시절에는 기합이라는 이름으로 불리는 교관이거나 선배 장교의 매였다. 드물게는 구타사고로 인하여 불구가 되기도 했고 큰 사회문제로 대두되기도 했지만, 군인으로서의 강인한 정신력의 모태가 되었다.

회초리나 매를 예찬하자는 것이 아니라 역기능과 순기능을 이야기하고자 함이다. 유대인은 만 13세까지 회초리를 든다. 학교나 사회 교육의 과정에서가 아니라 오직 부모의 교육용 사랑의 매라고 그들은 말한다. 어느 부모가 자식 때리기를 원하겠는가. 만 13세가 되고 성인식 시험에 응하여 합격하는 순간에 회초리는 제 기능을 다 한 것으로 간주되고 벽장 속의 유물이 된다.

유대인 랍비에게 물었다.

"한국에서의 회초리 사용은 금지된 지 오래다. 회초리의 사용은 부모 폭력, 아동 학대죄에 해당된다. 여하한 이유로도 사용되지 못한다. 너의 민족은 왜 회초리를 사랑의 도구라는 미명으로 가정교육의 필수 도구로 사용하는가?"

랍비의 대답은 명료했다.

"못 쓰게 자란 나무는 밑둥째 잘라내야 한다."

구태여 설명을 요할 필요가 없다. 사회 전반에 걸쳐 있는 패륜 범죄와 패악은 그 발상지가 가정이고 학교다. 이에 맞서는 사회 또한 범죄를 부추기는 범죄의 대상이거나 목적물이 되어 있다. 범죄 예방에 들어가는 천문학적 예산의 구성비는 연간 예산의 1/4이다. 범죄자가 양산되면 이를 통하여 먹고 사는 집단이 경찰, 검찰, 법원이다.

우리는 회초리를 통하여 이스라엘 역사를 가르치고 사람으로서의 품성을 지니게 한다. 회초리 맞고 입원한 환자도 없고 병신이 된 어린이도 없다. 예방교육은 사후 약방문에 비하여 1/10의 비용으로 효과는 증대되고 불신 풍조는 1/100로 준다.

나는 나 스스로의 성장과정을 되돌아보는 계기가 되었다. 그리고 대한민국의 현실도 되돌아보았다.

국민들의 국가관, 정치하는 사람들의 변절과 이기심, 돈 앞에서 양심을 파는 기업인들, 사교집단을 능가하는 비윤리적 종교집단들, 사도(師道)를 저버린 교사들, 특히 학교교육을 어떻게 하였으면 중학생의 경우 할아버지 이름 석 자를 쓸 수 있는 학생이 가뭄에 콩 나듯 희귀하고, 고등학생의 경우 10억 원을 준다면 지금 시키는 범죄행위를 저지르고 감옥으로 가겠다는 학생이 44%에 이르는 나라가 되어 있을까? 더 무서운 현실은 이를 방기하며 어떻게 되겠지, 하는 안일한 국민의식이다.

　어린 자식을 내던져서 죽게 하고, 굶주려서 죽게 하고, 유기하고 쓰레기통에 버리는 하등동물만도 못한 짓을 하고 있는 사람들, 그들 성장의 1차적인 책임은 모두 부모다.

　유대인들은 그들 민족이 430년간 이집트의 종노릇으로 인간 이하의 푸대접을 받았고, 거처 없는 방랑생활 40년을 살았고, 독일 정교도들에게 600만 명이 학살되었던 역사를 회초리를 통해서 각인시키고 있다.

　동족상잔의 참혹한 6.25와 일제 35년의 치욕의 역사를 등에 업고 사는 국민들, 우리도 이제는 아픈 역사를 다시 써서는 안 된다. 회초리는 예방 백신이다.

12

먹이사슬과
덫

고속도로 변에서 자주 볼 수 있는 것이 견인용 레커차이다. 이들은 사고 소식에 초스피드로 사고현장에 도착하여 고장 나거나 사고 난 차를 지체 없이 견인하여 자동차 수리업소에 갖다 준다. 이들은 차량 사고나 고장을 기다리며 세월을 기다린다.

TV 화면에 자주 등장하는 상조업자들은 사람이 죽어야 먹고 산다. 자동차 사고를 기다리며 사는 사람들, 사람이 죽어나가기를 기다리는 사람들이 바로 이들이다.

또 하나 우스갯소리를 해 보자. 천적은 하등동물들에게만 있는 것은 아닌 것 같다. 사람들 사이에서의 천적은 직업과 직결되어 있는 것이 많다.

예를 들어본다면 치과의사가 제일 싫어하는 사람은 이(齒) 없으면 잇몸으로 산다는 사람이다. 성형외과 의사는 생긴 대로 살자는 사람, 산부인과 의사는 무자식이 상팔자라고 주장하는 사람이라고 한다.

다양화하는 사회에서 직업도 다양해지고 이에 따른 가치관도 다양해지는 것은 사실이지만 어쩌다 남의 불행이 나의 행복이 될 수 있는 사회가 되었는지 자못 궁금해질 때가 있다.

필자는 인성교육을 통하여 우리 사회를 밝은 사회로 만들어가야 한다는 소명의식으로 산다. 참으로 어렵고 긴 여정이다. 교육을 받으면 일자리가 생기느냐? 인성교육장에 가면 점심 주느냐? 차비 주느냐? 사람이 죽어야 돈이 되는 장의사, 얼굴이 못생겨야 벌어먹고 사는 성형의사, 때로는 천문학적 복지예산을 풀어내면서 수혜자보다 전달자가 혜택을 보는 사회의 단면에서 정부 당국자나 지자체의 수장들에게 대안을 묻고 싶다.

특히 학교 교육에서 치열한 입시 지옥을 만들어 경쟁상대를 넘어뜨려야 내가 존재할 수 있다는 인성 부재의 교육에 대한 답을 듣고 싶다.

현란한 수사를 동원하여 국민으로 하여금 혹여나 하는 기대를 갖게 하고 난 후 나 몰라라 하고 당선만 되면 싸움질에 혈안이 되어 있는 국회의원 나리들의 몰염치한 작태들이 인성교육을 더 어렵게 하고 있다.

세상을 먹이사슬화해서는 안 되며 곳곳에 덫을 설치하여 걸려들기를 기다리는 덫 사냥꾼의 자세로 살아서도 안 된다. 새끼 물고기를 방생하는 자세나 때로 겁 없이 달려든 곰 새끼를 덫에서 풀어 주는 자세도 필요하지 않겠나.

13

학생 나이가 65세는 넘었지요?

– 시내버스 안에서

천안시는 인구 65만이 넘는 충남 제일의 도농(都農) 복합도시이다. 더구나 교통의 요지라는 이유로 인구가 영남 출신 1/4, 호남 출신 1/4, 충남 출신 1/4, 천안 본토 출신 1/4의 구성비를 가지고 있다.

서울을 향하다 불안한 나머지 이곳에서 머물기도 하고 고향 쪽을 향해 내려가다 중도하차하여 천안에 정착한 사람들도 다수이리라. 충남이라 하면 천안을 제외한 대전, 세종, 충북과 충남 15개 시군구 출신으로 천안에 정착한 시민이다.

천안은 충신열사의 고장이다. 유관순 열사의 본향이며 김시민 장군, 조병옥 박사, 이동녕 선생을 비롯한 역사적 인물들이 태어난 곳이다. 목천에 있는 독립기념관의 존재 이유이기도 하다.

더하여 중원이라는 이름으로 지정학적으로는 대한민국의 허브이기도 하다. 교통의 요지답게 군소도시치고는 서울에서 아산의 신창에 이르는 전철 구간이 통과되기도 하고, 시내버스는 농촌 지역과의 연계가 비교적 잘 이루어진 곳이기도 하다.

또 하나 65세 이상의 노인에게는 1회 요금으로 하루 종일 버스를 탈 수 있도록 승차카드를 만들어 혜택을 배려해 주고 있다. 그러나 필자가 이용하는 12번 노선의 버스에는 노인보다 학생 승객이 더 많다. 학생은 노인에게 좌석을 양보할 도덕적 의무가 있다.

지난 3년 동안 버스를 타면서 학생 중 노인에게 자리를 양보하는 학생을 본 기억이 없다. 그러나 노인에게 노인이 자리를 양보하는 일은 허다하다. 이것을 멀뚱멀뚱 쳐다보다 학생은 손 안의 휴대폰에 얼굴을 떨군다. 출입구 위쪽 전자 광고판에는 전자 자막이 계속 스쳐 지나간다.

'노약자와 임산부에게 자리를 양보합시다.'

필자 나이도 70이 넘었다. 흔들리는 버스 안에서 손잡이를 잡고 서 있을 수는 있어도 급정거를 한다든가 급회전을 하는 경우 견디기에 힘이 든다. 그래도 학생들이거나 젊은이들에게 자리를 양보 받아본 일도 없고 양보 받을 생각은 꿈도 꾸지 않는다. 그 또한 문화로 정착되어 가고 있다고 생각하며 체념한 지 오래다.

선 채로 손잡이를 잡고 서 있는데 지팡이를 짚고 노인 한 분이 승차를 했다. 버스 안에 빈 좌석이 없기에 필자도 서 있는 상황이었지만 승객 중 2/3가 학생들이어서 누군가 자리를 양보하기를 기다리며 노인을 부축해 드렸다.

다시 버스 안을 휘둘러 봤다. 양보하는 사람이 단 한 사람도 없었다. 화가 났다.

버스기사 뒤쪽 의자에 앉아 있는 학생에게 큰 소리로 물었다.

"학생이 앉아 있는 좌석 등받이에 경로석이라고 쓰어 있군요. 학생 나이가 65세는 넘었지요?"

영문 모르고 어리둥절해 있는 학생, 내 이야기를 이해하지 못했거나 못 알아들었는지 뚱하고 그대로 앉아 있다.

중간 뒷좌석의 중년 여자가 노인을 자기 자리에 앉히고 자기가 그 옆에 선다.

버스 출입구 위쪽 전자 광고판에서는 여전히 '노약자와 임산부에게 자리를 양보합시다' 라는 자막이 돌아가고 있었다.

필자가 천안시내 초중고등학교에 무료 경로효교육을 시켜 드리겠다고 제안서를 127 군데 학교에 보낸 일이 있다.

안면이 있는 학교 교장선생님 외에 대답은 전무하다. 학부모로부터 그런 교육받겠다고 시간 허비하다 '아이들 대학 못 가면 교장선생님이 책임질 거요' 라는 항의가 두렵다고 한다.

예산을 반납시켜야겠다.

14

교권이 사라진
교실 풍경

　교사는 스승이고 학생은 제자다. 스승과 제자는 부모와 자식과의 관계와 같을 수는 없어도 이에 준하여야 한다.

　육친이라는 관계가 아니라면 사제지간의 관계는 제자의 꿈과 앞날을 제시하고 지식과 지혜를 통하여 공동생활의 규범과 사회생활의 합리적 적응을 가르쳐야 한다.

　언론에 회자되고 있는 여교사 치마를 들춘다든가, 교사가 학생의 눈치를 봐가며 학생들의 비위를 맞추지 않으면 교단에 서기가 어렵다는 이야기는 이미 알고 있는 사실이다.

　수업시작을 알리는 벨소리가 나고 교실에 들어가면 어느 학교는 아예 과목 선생님에게 인사도 하지 않는 학교가 있다.

　이런 반에 인성교육을 하고 나오면서 하는 강사 선생님들 말씀 "선생님들 참 힘들겠다" 였다.

졸고 있는 것과 자고 있는 것은 차이가 있다. 조는 학생은 참고 있는 것이고, 자고 있는 학생은 수업과는 무관한 것이다. 깨울 양이면 반장이거나 주변 학생이 말린다.

"쟤는 '짱'이에요. 담임선생님도 그냥 놔두세요."

난감하다. 고등학교 1학년 교실에서 31명이 수업을 받는다. 13명이 아예 책상 위에서 양팔 위에 고개를 묻고 잠을 자고 있었다.

교무실에 가서 교감선생님에게 깨워 달라고 부탁을 하고 올라왔다. 교무실에 계시던 교사 세 분이 함께 교실에 들어와서 자는 학생들을 깨우기 시작했다.

수업이 반 넘어 끝날 때까지 아이들 깨우는 일은 실패였다. 여학생 하나가 손거울을 꺼내 들고 립스틱을 칠하고 있다. 수업시간에는 수업에 전념하라고 타일러 본다.

아랑곳하지 않는다.

"치우세요."

소리를 질러 본다.

"선생님 왜 그러세요? 다른 선생님들은 아무도 말하지 않는데…."

발끈하는 것은 여학생이다.

자유란 무엇인가? 교사는 이미 회초리를 놓은 지 오래다. 학생이 두렵고 학부모가 두려운 가운데 교단에 선 교사는 교실이 두렵다고 한다. 학생 전부가 그렇다는 이야기가 아니다.

악화가 양화를 구축하는 교실 풍경이다. 누가 양화이고 누가 악화라는 이야기가 아니라 그 이면에는 자유라는 이름으로 방종을 부추기는 불법단체가 있다고 한다.

온갖 미사여구를 동원하여 본분을 이탈하게 하고 동료 교사 간의 편 가르기와 이념적 갈등을 부추기고 있다고 한다.

역사교육이 온 데 간 데 없이 사라지고 뿌리 교육의 해태로 할아버지 할머니 이름 석 자도 모르는 학생들, 추락된 교권이 회복될 날은 아득한데 이제는 학생인권 조례를 들먹거리고 있다.

조금 세게 밀치면 폭행이거나 폭력이고, 약하면 미투가 되는 세상에서 교권이 사라지고 학생인권만 강조하다 보면 교사가 학생들에게 뭇매 맞는 세상이 오지 않을까 걱정이다.

15

좌표를 잃어버린
충남의 인성교육

사례 · 1

천안은 인구 65만을 자랑하는 충남을 대표하는 도시이다. 가끔 시내 버스를 이용한다. 대중교통을 이용하면서 정말 나이란 먹을 것이 못 된다는 생각을 절실하게 느낀다.

환승을 하면서 교통카드를 체크기에 대면 경로의 경우에 '행복하세요'라는 멘트가 뜬다. 버스 안에는 초중고 학생들이 경로석에 앉아서 막 올라온 노인에게 자리를 양보하기는커녕 거들떠보지도 않는다. 단 한 사람도….

오히려 나이 든 부녀자나 곧 노인이 되어 경로연금을 수혜 받을 만한 연령의 예비노인이 자리를 양보한다. 안내 전광판에는 '노약자와 임산부에게 자리를 양보해 주세요'라는 문자가 다음 정류장 안내표기와 함께 계속 점멸한다.

천안 시내 12번 버스 안의 광경이다. 일주일을 시험해 봤다. 단 한 사람의 학생도 없었다.

사례 · 2

중학교 2학년을 기준하여 인성교육 특강차 교실에 들어가서 학교에 오는 이유를 묻는다. 대답은 기상천외다.

'점심 먹으려고, 엄마가 가라고 해서, 친구와 놀려고, 갈 데가 없어서, 공부하려고' 라는 유형의 대답들이다.

'아하! 공부하려고 오는 학생이 더러 있구나.'

내심 반가워서 다시 묻는다.

"공부는 왜 해야 하는데?"

"대학 가려고요."

"대학은 왜 가려고?"

"돈 벌려고요."

학교에 오는 궁극적인 목적은 '돈 벌려고' 이다.

학부모나 교사나 학생들이 학교에 가는 이유가 이런 것이었나?

사례 · 3

25명 내외의 중학생들에게 할아버지 이름을 쓸 수 있는 학생에게 책자 선물을 약속하고 손을 들어보라고 한다. 한 명이거나 두 명 정도 손을 든다.

할아버지 이름 석 자도 모르는 중학생이 25명 한 반에 23명 내지 24명이다. 물론 가족의 이름을 써보라고 할 경우 고양이와 개의 이름이 랭크될지언정 할아버지나 할머니의 경우는 거의 없다.

사례 · 4

공부를 열심히 하는데도 성적이 상위권에서 맴돌 뿐 1, 2등을 못해 보는 학생에게 반에서 제일 미운 친구가 누구냐고 묻는다.

그는 1,2등 하는 학생이 제일 밉다고 한다. 그 아이만 없어지거나 전학 간다면 좋겠다는 것이다.

그뿐이랴. 학부모 또한 그만 못지않다는 사실에 아연할 수밖에 없다.

사례 · 5

효를 가르치기 위하여 효행을 강조한다. 학생들에게 묻는다.

"부모님을 위하여 학생은 어떤 효행을 했느냐?"

"효는 왜 해야 해요. 엄마는 나만 봐도 좋아서 까무러치는데…."

의기양양하다.

사례 · 6

안중근 의사의 애국심 이야기를 시작하려는데 손을 든 학생이 묻는다.

"안중근 의사는 전공이 뭐예요?"

"전공이라니?"

"산부인과 의사예요? 아니면 외과 의사인가요?"

사례 · 7

학교 사정이 익숙지 못한 전직 노 교장선생님.

"이놈들, 자세 바로 앉지 못해!"

"얘들아! 저 영감탱이 찍어, 찍어!"

요즈음에 수업시간에 휴대폰 소지 못하게 하는 학교가 더러 있기는
하다는데, 학부모가 극성스럽게 탄원을 한다고 한다.

"아이에게 사고가 나면 당신이 책임질 겨?"

학교에는 왜 보내는지 모르겠다.

─ 회초리의 시대는 가고

세월호 사건은 온 국민의 가슴에 피멍을 들게 했다. 4년이 지난 지금
도 교육청에 가 보면 상장(喪章)을 배지처럼 차고 다니고 있는 교육공
무원들을 볼 수 있다. 하지만 그들의 부모가 돌아가시고 나면 상장은 장
례 치른 후 3일도 달지 않는다.

학생의 그릇된 습관과 지각없는 행동을 바로 잡을 수 있는 방안이나
대안을 강구하고 있는가?

학교는 가정 탓 학부모는 학교 탓하며 핑퐁게임을 하고 있는 동안 양
육권, 교권 다 무너지고 인성은 사악해질 대로 사악해진다. 사회의 가치
질서는 혼돈의 늪으로 깊이 빠지고 만다. 기준의 기둥은 무너진다. 야만
사회는 짐승사회보다 더 두렵다. 인간은 사악해지면 짐승보다 훨씬 두
려운 존재이기 때문이다.

학교에서 교사와 학생 간에 발생하고 있는 미투사건 중 드러나지 않
은 사연들은 드러난 사실보다 더 많을 것이다. 회초리로 해결 가능한 학
칙 위반이나 학교폭력사건을 검경의 잣대에 재단을 맡기는 것이거나
잘못된 학생, 사정기관을 통하여 소년원으로 보내기보다 회초리로 다
스리려는 교사를 폭행하고 씨근덕대는 학부모, 양쪽 다 목불인견이다.

회초리가 부활되어야 한다. 교육감 선거에 출마한 사람들 입만 벌리
면 자기 자랑에다 상대방 비난에 열을 올린다. 교육혁명은 정치혁명에

우선한다. 충신열사의 고장에서 불법노조로 교권 박살내고 숭엄한 교육현장을 쟁의의 놀이터로 만들어 내는 이단 세력의 앞잡이는 이번 선거에서 필히 걸러내야 한다.

인성교육이 이대로 가면 나라 망한다. 나라 멸망을 염원하는 사람들이 포퓰리즘의 테크닉을 통하여 얻어 내려는 것은 무엇인가? 그들을 그렇게 만든 것도 교육이다.

방죽은 바늘구멍으로 무너진다. 회초리가 묘약이다.

16

인간시장

　백정은 그 어둠에 어떤 이름의 동물을 붙여 넣느냐에 따라서 달라진다. 개백정, 소백정 등이 그 예다. 사람을 잡는 사람은 사람백정이 될 것이다. 지금 우리는 사람백정시대를 열어가는 것이나 아닌지 모르겠다.

　줄기세포 배아로 만들어진 사람의 기능을 빼앗고 빼앗긴 복제인간을 폐기 처리한다면 이것도 사람백정이 하는 일이 아닐까를 생각해 본다.

　청부살인업자, 전쟁으로 대량학살을 시도하는 군국주의자, 댓글로 인간의 인격을 도살수준으로 몰고 가 스스로 자살을 택하게 하는 것도 사람백정이라고 분류할 수 있다.

　먹을 만큼 먹은 사람이 먹지 못하는 사람들을 향해 음식을 나누어 주지 않지만 배고픈 사람들끼리는 음식을 나눈다.

　6.25를 겪지 않은 사람들은 전쟁이 몰고 온 고통의 결과를 모르고, 일제의 침략으로 받은 식민 생활의 고통도 모른다. 인간은 선량한 존재라

고 믿고 싶은 사람은 많지만, 이해관계가 부딪히면 돌변한다.

인간은 사악한 존재라고 믿고 싶은 사람은 많지 않지만, 사악한 존재라고 믿으면 실패나 실망의 확률은 낮다. 어떻게 사는 것이 잘 사는 것인지 아직 모른다.

성형의 시대가 되어도 인간의 지문은 달라지지 않지만, 사람마다 성격은 천양지차이다. 어머니의 뱃속에서 탯줄을 끊고 세상을 나와서 빛을 보기 시작할 때부터 빛의 세기나 강도에서부터 영향을 받는다고는 하지만 중요한 것은 어머니다.

어머니의 살아온 환경과 버릇, 자식에 대한 애정의 강도와 습관 등이 아이의 장래를 결정짓는다. 인간 말종은 어머니가 만드는 것이다. 말종은 말종을 만들고 사회의 오염원이 된다.

사람이 가지고 있는 바이러스 중 85%가 무해 무덕한 바이러스다. 정상적인 상황에서 이들 바이러스는 아무런 역할을 하지 않는다고 한다.

그러나 장티푸스나 기타 나쁜 바이러스가 강세를 이루면 이들은 강한 쪽으로 선회하고 좋은 바이러스 예를 들면 효모균이나 유산균, 광합성, 세균 등이 강세를 이루면 그들은 좋은 바이러스 쪽으로 선회한다.

인간 오염원이 자꾸 증식되면 인간시장은 나쁜 바이러스로 오염되어 악의 터전을 이루게 되는 것이다. 착한 쪽으로의 선회를 막는 것은 과욕이고 과욕은 물질욕이 주로 원인이다.

에드몬드 버크의 말을 인용해 보자.

세상에 존재하는 모든 악은 선의 방관으로부터 나온다. 침묵하는 선은 선이 아니다. 시장을 교란하고 침묵을 강요하는 악의 무리를 장터 밖으로 내쫓고 다시는 발붙이지 못하게 해야 한다.

17

봄꽃들의 반란

나무는 잎과 꽃과 열매를 갖습니다.

늦가을 생존을 위하여 마른 이파리마저 부는 바람에 떨구어 내며 모진 추위 속에 봄을 기다립니다. 얼어붙은 수액을 빨아올리지 못하여 고사를 면치 못하는 스스로의 운명에 대한 예지겠지만, 나목(裸木)의 앙상한 가지에 봄볕이 무르녹는 그 순간을 기다려온 환희가 꽃으로 세상을 밝히는 것입니다. 그러나 그것은 반란입니다.

모든 나무는 잎이 먼저 납니다. 그리고 꽃이 핍니다. 봄꽃들은 거꾸로 꽃이 먼저 핍니다. 하얗게 자태를 드러내고 있는 목련과 동산을 밝히는 흐드러진 벚꽃, 개나리, 진달래, 산수유, 매화…. 봄은 꽃들의 반란입니다. 잎보다 먼저 꽃으로 겨울을 견디어온 자신들의 모습을 대견해 하는 것일 수도 있겠지요.

4차 산업혁명의 시대는 기존의 질서에 대한 반란일 수 있습니다. 사람과 로봇의 공존은 생각할 수도 없고 생각해도 안 됩니다. 독거 가족시대 개와 고양이를 반려동물이라는 이름으로 키우며 살아온 사람들이 이제 그마저 저버리고 스위치에 의하여 만들어지는 인공지능의 로봇에게 얻어질 것이란 편익 외에는 없습니다.

인간의 삶은 편익 추구가 아닙니다. 애환의 공유, 서로의 눈빛에서 얻어지는 사랑이라는 오묘한 감정의 전이, 눈물과 한숨으로 이어지는 아픔의 공유가 삶입니다.

4차 산업혁명이란 어쩌면 우리네 삶의 반란일 수 있겠다는 생각을 해 봅니다. 감탄의 짧은 순간이 지나면 봄은 가고 꽃은 집니다. 누렇게 병든 목련꽃 이파리가 우리들 마음을 우울하게 하는 것처럼 말입니다.

사람과 사람 사이에서 오고 가는 것은 인정이고 인정은 인성의 가교를 만듭니다. 인성은 반드시 착한 것이 아닙니다. 하여 효교육을 통하여 착한 인성을 길러내야 하는 것이라고 생각합니다. 효는 절대 가치, 인성은 상대 가치입니다.

나무는 먼저 꽃이 필 수도 있고 잎이 먼저 나올 수도 있겠으나 효심은 인성의 바닥에 깔려 있는 측은지심으로 태어날 때부터 지니고 나오는 것입니다. 현대적 효의 개념은 내 부모에게만 국한하는 선행이 아니라 삶 그 자체가 모두 선행이어야 한다는 것입니다.

새봄에는 주변을 돌아보시면 나를 필요로 하는 친지 가족 이웃 회사 사회 국가가 있을 것입니다.

주어진 여건에서 최선을 다하는 삶이 최상의 효도입니다. 그래서 효가 살아야 나라가 산다는 것이지요.

4월의 첫날 저녁에 드리는 인사입니다.

18

회초리 향수

나는 유년시절이거나 소년시절에 저녁나절이 되면 집에 돌아와 손을 씻고 밥상 앞에 앉아 가족과 함께 저녁식사를 해야 했다.

자치기나 딱지치기에 몰입하면 시간 가는 줄 몰랐다. 상대 아이가 손을 들거나 내가 져야 집으로 간다. 저녁상을 방안에 들여다 놓고 새어머니는 동네 곳곳을 한 바퀴 돌면서 내 이름을 부른다.

나를 못 찾으면 식구들끼리 저녁식사를 마친다. 방구들 요 밑에다 내 밥그릇을 식지 않도록 보온을 하고, 윗목에 밥상을 놓고는 밥상보를 덮어두었다.

나는 뒤늦게 윗목에서 눈치를 보며 밥을 물 말아 꾸역꾸역 넘겼고, 이를 보며 어머니는 혀를 채었다. 어머니로서는 두 번 일이었을 것이다. 아버지의 경고가 두 번쯤 지나면 세 번째는 드디어 올 것이 온다.

조심한다지만 시골에는 시계도 없고 저녁 먹는 시간도 조금씩 달랐기에 충분히 늦을 수 있다는 생각을 할 수도 있겠지만 그것은 나의 생각일 뿐이다.

말을 듣지 않는다는 이유로 나는 목침 위에 올라가 회초리 세례를 받아야만 한다. 이를 악물어도 아픈 것은 아프다. 나는 매에 못 이겨 잘못했다고 말을 하고, 그 소리가 나오고 나면 아버지는 매질을 멈추었다.

그 후로 나는 저녁나절이 되면 무슨 일이 있어도 집으로 들어가야 했다. 지금처럼 핸드폰이나 삐삐가 있는 것도 아니고 동네 초입에 시계가 걸려 있는 것도 아니어서 시간을 정확하게 알 수 없었지만, 땅거미가 질 녘이면 무조건 집을 향해 가야만 했다.

일찍 귀가하여 새어머니가 부엌에서 짚불을 땔 때면 그 옆에 쪼그리고 앉아서 그날 있었던 일을 종알대기도 하고 어머니가 기분 좋은 날은 동전이라도 몇 개 얻는 행운이 겹치기도 한다.

내 나이 70이 넘어도 집으로 일찍 돌아가는 것을 좋아한다. 술도 담배도 인연을 끊고 산다. 소년 시절 친구들과 어울려 귀가를 잊고 밤거리를 헤맸다면 지금의 나는 담배 중독에다 알코올 중독자가 되었을지도 모른다.

성묘 시 성긴 뗏장 속에 누워 계신 아버지를 찾아뵐 때마다 나는 혼잣말처럼 중얼거린다.

아버지의 회초리가 무서운 것이 아니라 싫었어요. 그래도 잘못했다는 소리가 내 입 밖으로 튀어나오는 순간 아버지는 즉시 매질을 멈추었지요. 억울해서 입을 앙다물고 매를 계속 맞고 있을 양이면 "이놈 독한 것 좀 봐라! 빨리 잘못했다고 하고 그만 맞아야지!"라고 말씀하시곤 하셨는데….

이제 가정에도 학교에도 회초리가 사라졌다. 학교에서는 학생이 잘못하면 회초리보다 사직 당국에 처벌을 의뢰하든지 퇴학을 시키는 것이 룰이다.

가정에서는 오히려 자식 눈치 보고 비위 맞추느라 부모는 역으로 기를 못 펴고 산다. 어머니와 의붓아버지와 자매를 죽인 희대의 살인범이 TV에 얼굴을 보여준다. 미결수지만 죄질이 나빠 마스크를 벗겼다고 한다.

회초리를 맞고 자랐다면 이런 희대의 살인극이 이루어졌을까? 감옥을 늘리고 검경의 숫자를 늘리고 판사, 변호사 숫자를 늘리는 일보다 인성교육을 철저하게 하여 범죄율을 줄이는 것이 이 시대를 살아가는 지혜가 아닐까?

회초리가 없는 가정은 부모가 안 계신 것이고, 회초리가 사라진 학교에는 선생님이 사라졌다는 사실을 깨닫는 당국자나 교육 책임자가 없다는 일이 더 걱정이다.

이스라엘은 아이 교육에 있어서 13세까지는 회초리는 필수다. 성묘를 마치고 돌아 나서는 길목에 설 때면 문득 아버지의 회초리가 그리워지곤 한다.

살아온 날들이 늘 회초리 감이다. 종아리 걷어 올리고 두 눈 질끈 감고 상석 위에 올라가 아버지가 내려치는 회초리에 종아리가 아닌 온몸을 두들겨 맞고 싶다. 어린 시절 그 진한 사랑의 매 때문에 내가 현재 여기 있는 것이 아닐까?

19

대전효문화진흥원 개원행사를 다녀와서

대전 중구 뿌리공원로 45에 세워진 245억짜리 건물 대전효문화진흥원 개원식에 초대되었다.

바쁜 일정 뒤로 하고 기쁜 마음으로 달려갔다. 이는 세계적으로 최초로 세워진 정신문화의 상징적 건물이기도 하지만 우리 효우들의 염원의 결실이기도 했기 때문이다.

대전이 효의 메카로 새롭게 태어나는 계기가 되기를 간절하게 기도한 결과물이기도 했다.

초청장이 왔고 참여 여부를 묻는 여직원의 전화도 받았다. 자동차 번호를 묻기에 번호를 알려 주면서 규모 있는 행사를 준비하는구나, 라고 생각했다.

정확한 시간에 도착했다. 주차장소가 부족하니 천변 끝으로 가라고 한다.

기분은 별로였으나 눈망울을 띄우기 위한 봄꽃들의 기지개가 보이는 듯했고 뿌리공원 상류로부터 흐르는 물소리는 여전히 상쾌하였기에 마냥 기분은 좋았다.

식장 입구에 들어가니 아는 얼굴들이 보인다. 부산, 울산, 대구, 서울과 경기도 등에서 오신 분들은 하나같이 효를 공부한 지인들이었다.

명찰을 찬 안내자들 또한 거의 대전 출신 효우들이었다. 너무 고맙고 감사했다.

그러나 공로 표창을 시작하면서 불쾌한 기분이 들기 시작했다. 대전효문화진흥원은 전국의 효우들이 마음을 모으고 뜻을 모아 100만인 서명운동으로 이루어진 결과물이 아니던가.

타계하신 오원균 대전효교육원 원장님과 큰 역할을 해 주신 최성규 국민대통합위원회 위원장(성산효대학원대학교 총장)님과 전임 염홍철 대전시장님의 노고로 이루어진 쾌거가 아니던가?

그런데 오늘 행사는 현임 시장과 그를 에워싸고 있는 시의원들의 얼굴 내기 행사로, 행사를 위한 행사로 전락해 가고 있다는 느낌이 드는 순간 불쾌한 심정이 들기 시작했다.

돈 받고 건축해 준 업자들에게 시장의 공로 표창패를 수여하기보다는 오히려 전국의 효행자를 찾아 표창을 해 주는 것이 정체성을 살리는 것이 아니었을까, 라는 생각이 들었다.

그들이 건축비를 싸게 해 주었는지, 그들과의 다른 교감이 있었는지에 대해서는 모르지만….

두 번째, 사회자를 선정함에 있어서도 대전 효지도사 1기인 전임 MBC 송병규(전임 아나운서실장) 같은 분이 해 주셨어야 했다. 효 근처에 가보지도 못한 직업 아나운서를 모셔다 공감 없는 진행을 하게 하는 것도 이해가 되지 않는 부분이다.

세 번째, 2,000여 명의 효지도사를 양성한 대전 효교육원 손정자 원장님의 모습이 보이지 않았다.

개인적으로는 대전효행교육의 본산인 분을 고의적으로 소외시키지 않았기를 바라는 마음이다.

네 번째, 가장 중요한 것은 대전효문화진흥원의 원장 및 실무자들이 현대적인 효를 모른다는 것이다.

대한민국의 모든 효 학자들은 심청전에 나오는 심청이는 효녀가 아니라고 가르친다.

그런데 심청이를 효녀로 게시한 게시물을 보고 당황스러웠다. 효를 한다는 이유로 자살을 방조하는 것인가? 아니면 진정 현대적 효를 배우지 못한 사람들이 기획한 것인가? 아연실색할 수밖에 없었다.

당일 최성규 국민대통합위원회 위원장(성산효대학원대학교 총장)께서 축사 말씀 중에 '자효쌍친락(子孝雙親樂)'이면 가화만사성(家和萬事成)'이라고 했다.

그 의미도 모르는 사람이 원장이고 소속 예하 식구들이라면 문제는 심각하다. 자식이 효를 하는 이유는 부모의 건강과 마음을 편하고 즐겁게 해야 가정이 화목하고 만사가 이루어진다는 풀이를 하였다.

심청이 목숨 팔아 눈을 뜬 심봉사가 평생을 행복하게 살아갈 것인가? 눈을 뜬 채 죽은 딸의 이름을 부르며 뜬 눈으로 죽는 것보다 못한 생애를 보내게 하는 것이 효행인가 묻고 싶다.

꾸며낸 이야기지만 이것은 현대적 효와 배치되는 사상임을 학자들은 누누이 강조한 바 있다.

여기에 더하여 칭찬과 효를 동일시하는 칭찬 게시물도 눈에 거슬린다. 효는 상대적이고 상황 윤리인 것이다. 효는 본성이며 칭찬은 본성이 발현되는 개념이다.

인성 덕목들 또한 효의 본성이 발현되는 개념이다. 즉, 인성 항목에 나오는 것들은 모두 효의 실천 부분이기는 하지만 효는 효심을 바탕으로 한다는 것이 차이이다. 효를 제대로 배우든지 아는 사람을 모시든지 해야 한다는 생각이 든다.

대통령도 수감되는 마당에 이러한 개원 행사를 문제 삼는다는 것이 별일이 아닌 것으로 인식될 수도 있지만, 이 나라의 마지막 희망은 효를 통하여 국민의 심성을 바꾸어 나가는 것이기에 이대로 묵과할 수 없다.

위인설관(爲人設官)의 시대는 갔다. 효학은 최고 지성의 학문이다.

조속한 시정을 바란다.

20

효와 인성이
답이다

요즘은 매체를 열어서 뉴스를 대하는 것이 두렵다. 종식을 모르고 확산되는 코로나19의 공포를 능가하는 사람과 사람 사이에서 쏟아져 나오는 사건들은 차마 눈뜨고 볼 수 없다. 입에 담을 수조차 없다. 차라리 눈을 감고 귀를 막아버리면 아연하지 않아도 되는지 묻고 싶다.

필자는 충청창의인성교육원에서 효와 인성을 수강하고 효지도사가 되었다. 신문에서 교육수강생을 모집하는 공고를 접했을 때 망설임과 의구심이 가득했다. 21세기 최첨단의 시대를 살면서 효와 인성을 배우는 것이 시간을 역주행하는 것은 아닌가? 수없이 자문하고 자답하면서 교육장에 들어갔다.

입학식 행사에서 단상에 오르신 충청창의인성교육원 최기복 원장님께서는 수강생들을 향하여 옷깃을 여미고 큰절을 하셨다. 입학식 축사에서 인정이 메마르고 사람이 사람이기를 포기한 내로남불의 시대에 효와 인성이 필요한 이유를 갈파하셨고, 효지도사로서 나아갈 향방에 대해서 역설하셨다.

필자는 백 마디 말보다 웅장한 산이 허리를 굽히는 모습에서 기세등등한 자만심을 와르르 무너뜨렸다. 그리고 조금도 주저 없이 운명의 지침을 효와 인성으로 돌려 맞추었다.

전에 필자는 학원을 운영하였기 때문에 교육의 현장에서 학부모와 학생들을 만나는 일이 전부였었다. 학원교사로서 학생들의 성적을 직접적으로 책임져야 했다. 학생들은 학교에서 방과 후에 학원에 와서 교과과정을 공부했다. 시험기간이 되면 수업하는 시간이 배로 늘었고, 주말에도 보충수업을 하면서 학교성적을 올리기 위해 수단과 방법을 총동원했다.

학생이 처음 학원에 등록하는 날은 학부모가 동행하고 상담을 하는 것이 다반사였다. 학부모들의 공통된 관심사는 필자가 궁금해 하는 학생의 성격이 어떤지, 학생이 좋아하는 것은 무엇인지, 학생의 꿈이 무엇인지 묵살해 버리고 '우리 아이 평균 얼마를 넘게 해 주세요' 였다.

필자는 상담내용을 요약하고 빨간색 펜으로 학부모가 원하는 평균을 쓰고 굵게 별모양을 그렸다. 학생을 지도할 때 가장 신경 써야 할 부분이 성적이었다.

필자는 학생들과 공부하면 할수록 절망의 늪에 깊이 빠져가는 듯 참담함에 몸부림쳤다. 학부모가 원하는 평균의 수치에 학생을 끌어올리지 못하는 무능 탓이 아니었다. 학생들이 학교 수업시간에 학원에서 배웠을 것이라고 교사가 다루지 않은 부분을 재차 설명해 달라고 했을 때도 그러려니 했다.

학생들이 성장하는 기로에서 마음의 통증을 호소할 때가 많았다. 가정에서는 학부모님이 바빠서 들어주지 못하고 학교에서도 교사들이 성적보다 중요한 것이 아니라는 이유로 지나쳐 버리는 통증은 어른들의 관심 밖의 것이었다.

하교하고 지친 모습으로 학원에 온 학생들을 붙잡고 문제집을 풀었다. 시험기간에는 당근과 채찍을 두 손에 나누어 들고 어르고 달래면서 공부했다. 그렇게 우물 안 개구리처럼 지내다가 번쩍하고 빛나는 섬광에 화들짝 놀랐다.

학생들이 왜 공부를 해야 하는지, 부모들의 바람대로 SKY대학에 가서 졸업을 한 후에는 어떻게 살아야 하는지, 그리고 그들이 어떤 사회에서 살게 되는지, 생각은 꼬리에 꼬리를 물었고 결론을 내리지 못했다. 학교와 가정에서 성적 올리기에만 혈안이 된 모습에 소스라쳤다. 벼랑 끝으로 내몰리는 학생들을 걱정했다.

그때 필자는 궁여지책으로 학생들에게 독서를 권했다. 눈앞에 놓여 있는 성적이라는 산을 넘고 미래를 내다볼 수 있도록 돕고 싶었다. 우리나라가 걸어온 역사를 알고 학생들 스스로 미래를 찾을 수 있도록 도와주고 싶었다.

책에서 만난 훌륭한 위인을 롤모델로 정하고, 꿈을 꾸고 노력할 수 있도록 응원했었다. 그러나 여전히 석연치 않은 의혹을 끌어안고 괴로움에 몸서리쳤었다.

충청창의인성교육원에서 효와 인성을 수강하면서 탄성을 외쳤다. 위태위태한 현실에서 좌표를 잃고 헤매는 우리 모두를 향하여 큰소리로 부르짖고 싶었다.

학생들에게 열어주고 싶어서 찾았던 간절한 그 무엇이 효와 인성이었다. 자녀들의 성적에 전전긍긍하는 학부모들에게 호소하고 싶었던 말이 효와 인성이었다. 수업시간에 학원에 가서 심화학습하라고 하면서 외면했던 교사들을 향하여 간청하고 싶었던 것이 바로 효와 인성이었던 것이었다.

책에서조차 찾지 못하고 전전긍긍했던 그 무엇의 해답을 찾았을 때의 감동은 사막에서 오아시스를 만난 것과 다르지 않았다.

효와 인성이 정답이었다. 얽히고설킨 의혹의 실타래가 한 올씩 풀렸다. 효와 인성이 명답이었다. 한 점 구름마저 말끔하게 걷어내고 푸른 하늘을 볼 수 있었다. 끝내는 회한으로 울부짖었다. 답을 너무 늦게 찾은 것은 아니었을까 하고.

필자는 학원을 하면서 학부모들과 교사들이 학생들을 성적의 가파른 산으로 올라가라고 등 떠밀 때 가세했다. 발밑에 놓여있는 낭떠러지를 간과하고 오르고 또 오르라고 외쳤다. 학생이 공부를 안 하는 것은 큰 잘못이라고 역설했다. 어찌 필설로 그때의 참담함을 다 할 수 있으랴.

하여 필자는 피눈물로 참회한다. 석고대죄하면서 읍소한다. 효와 인성을 높이 들고 사람과 사람이 아름다운 하모니를 이루고 선을 지향하면서 살 수 있는 따뜻한 사회를 만드는 일을 하겠다고 다짐한다. 소 잃고 외양간 고치겠다고 어처구니없는 일을 자처하면서 우리 사회의 모든 사람들에게 용서를 구한다.

최기복 원장님께서 암담한 현실을 한탄하면서 역설하셨다. 혼탁한 구정물에 맑은 물을 붓고 또 부으라고 하셨다. 자꾸 붓다 보면 구정물이 점점 맑아질 것이라고 하셨다. 온전하게 맑아지고 완전하게 깨끗해질 때까지 맑은 물을 붓는 수고를 멈추지 말라고 하셨다.

그 가르침 백골난망하리라. 혼탁한 사회를 정화하는 맑은 물을 펌프질할 수 있도록 자진하는 마중물이 되리라.

21

스승의 그림자도
밟지 않는다

스승을 존경하는 뜻을 간직한 말에 군사부일체(君師父一體)가 있다. 또한 스승의 그림자도 밟지 않는다고 했다.

따뜻한 햇살이 머무는 곳에 위풍당당하게 핀 수선화를 바라보면서 스승의 은혜를 헤아린다.

문학(文學)은 책을 안고 살아왔고, 글쓰기와 몸부림치고 있는 시인(詩人)에게 거부할 수 없는 운명이 되었다.

문학이라는 거대한 산맥을 향해 등반을 시작한 오늘이 있기까지 위태할 때마다 북극성이 되어주고 등대가 되어주는 스승님께 감사를 올린다.

수불석권(手不釋卷)!

중학교 때 존경했던 국어 선생님께서 고등학교로 진학하기 위해 헤어질 때 주신 마지막 말씀이었다.

시골 중학교에서 대학교를 진학하기 위해서 친구들은 도시의 인문고등학교로 진학했다.

필자가 상업고등학교로 진학하게 된 것을 알고 국어 선생님께서는 인문고등학교 진학을 적극 권하셨다.

그러나 어찌할 수 없음을 받아들이면서 '꼭, 수불석권해라. 잊지 말고…' 라고 당부하셨다.

스무 살 시절 중소기업에서 경리로 근무하면서 높은 하늘에 있는 별을 동경했다.

녹록하지 않아 힘든 현실에 주저앉고 싶었던 순간에 섬광처럼 다가온 충격, 수불석권이란 말이었다.

그날부터 필자의 손에는 책이 있었다. 한시도 손에서 책을 내려놓지 않고 살았다. 남들보다 늦었지만, 사회복지학 석사가 될 수 있었던 원동력이 필자에게는 독서의 힘이었다고 고백한다.

소녀시절 별을 우러르며 꿈꾸었던 시인이 될 수 있었던 것도 수불석권의 가르침이었다고 역설한다.

절필했던 시인에게 효와 인성 수업시간에 만난 스승님께서는 다시 시(詩)를 쓰라고 권면하셨다.

"시란 무생물에게 생명력을 부여해 주는 것이다. 시에도 기, 승, 전, 결이 있다. 시를 쓰기 위해서는 시상을 잡아야 한다. 영감(inspiration)은 순간 나타났다가 사라지기 때문에 반드시 기록해 두어야 한다. 좋은 시는 읽는 사람에게 감동을 주는 시다. 감동이란 눈물을 흘리게 하는 것이 아니라 마음을 움직이게 하는 것이다. 시어 선택에 대해서 똑같은 흙을 가지고도 어떤 사람은 청자를 빚는가 하면 어떤 사람은 질그릇도 못 빚는 사람도 있다. 시인을 언어 세공사라고 한다. 쓰는 일은 시 창작의 처음이자 끝이다. 시 창작은 철저한 연습을 필요로 하고 시어와의 싸움을 원한다."

그 가르침이 등대가 되었다.

하여 필자는 수불석권하면서 시를 쓰고 있다. 문학의 넓고 깊은 바다를 항해할 수 있도록 북극성이 되어주신 스승님, 밝게 빛나는 등대가 되어주신 스승님의 은혜 잊지 않으리라.

풀포기 한 올씩 엮어서 하늘 같은 은혜와 하해 같은 사랑에 보답하리라.

스승님 그림자 밟지 않도록 저만치 비켜서 거룩한 뜻 붙좇아 걸어가리라.

사람과 사람 사이에서
내가 사는 이유

화두를 비대면으로 돌려보자
문자 그대로 얼굴을 마주 보지 않는 것을
비대면이라고 한다면
꼴 보기 싫은 사람들 얼굴 안 보니 좋다는 사람도 있겠지만
얼굴 안 보고는 못 사는 사람들에게는
천형(天刑)이 될 수도 있다
사람과 사람 사이, 미운 사람, 고운 사람 있게 마련이라면
미운 사람도 자주 보면 고와질 수 있다는 전제 아래
어서 코로나19가 종식되어야 한다는 것이
인류의 바람이 되어 버렸다.

1

지구의 종말

　우크라이나 전쟁으로 인하여 살상자가 속출한다. 그들은 왜 죽어야 하는지, 그것이 하늘이 내린 형벌인지, 인간의 욕심이 자아낸 희생의 제물인지, 아니면 그렇게 죽을 수밖에 없는 천수(天壽)인지 코로나19로 인하여 죽어나간 생명과 지금 계속 죽어나가고 있는 현실을 보면서 인류의 생존이 별 거 아니라는 생각을 해 본다.

　누구도 죽는다. 그러나 언제 어디서 어떻게 죽을지 모른다. 그런 이유로 하여 살아생전 나눔과 소통으로 서로를 인정하고 베풀며 살아야 한다.

　그러나 인간의 이기심과 욕심은 자신만은 평생 죽지 않고 살리라는 어설픈 믿음으로 하늘의 명령을 거역, 속이고 빼앗고 죽이고 세 치 혀끝으로 명분을 포장한다. 중국에서 코로나19 바이러스를 세계무대에 공포의 산물로 확산시킨 이유를 우리는 생화학적 세균전의 전초전으로 상상할 수 있다.

지금 러시아에서 우크라이나를 향해 쏘아대고 있는 미사일은 왜 만들어졌으며 더 나아가 북한에서 장거리 유도탄에 핵을 탑재하여 그들의 적대국에 쏘아댄다면 그 결과는 어떠할까, 모골이 송연하다.

남극이거나 북극의 빙산이 녹아 바다의 수온이 높아가고 육지가 바다 속으로 침하하는 생태계의 변화 조짐은 무엇으로 막아야 하나. 지구의 온난화가 가져오는 대기권 위의 오존층에 구멍이 나면 인류는 멸망한다는 사실에 대하여도 이를 적시하고자 한다. 인류의 멸망은 지구의 종말을 의미한다.

전시 작전 중 휴전의 상태를 유지하고 있는 대한민국의 경우 북한의 김정은 정권은 대한민국에게 가져야 할 적대 감정이 무엇인가를 묻고 싶다.

대한민국 정부가 경제적 도움을 요청한 일이 있는지, 혹은 흔한 예기로 통일이라는 이름으로 전쟁을 하겠다고 선포했거나 준비를 하고 있었는지, 함박도 내어주고 국경의 감시초소 철수하고 필요할 때마다 이런저런 이유로 경제적 도움 주고 대화하자고 화해의 제스처를 보내면 이의 응답이 미사일 도발인데 그 이유가 무엇이겠나?

러시아가 우크라이나 침공의 이유와 맥을 같이 하는 사고라고 추정할 수 있다. 우리는 지금 러시아가 하고 있는 침략 행위에 대하여 분기탱천해 있지만 속수무책이다. 대결 구도로 인하여 3차 전쟁이 발발하면 세균전 생화학전 그리고 핵을 사용하게 된다.

지구의 종말이 눈에 보인다.

우크라이나 국경을 넘어 목숨을 보전하려는 난민의 행렬을 보라. 지상 보도에 의하면 160만 명이 국경을 넘었다고 한다. 우리나라로 치면 전라남도 인구다.

과거의 전쟁은 칼과 창이었다. 총포 기술이 확대하여 총과 포가 다음 단계였다. 지금은 무인 공중전이 되었고, 컴퓨터가 초정밀 타격을 해댄다. 생화학 무기로 세균전으로, 급기야는 핵전쟁으로 공멸을 자초한다.

그 이유가 인간의 욕심에서 시작되고 이에 동조하는 세력들의 공조가 전쟁으로 간다.

전쟁은 이겨도 공멸이고 저도 공멸이다. 국제사회의 질서도 양보 없는 과욕으로 인하여 균형이 깨지고 전쟁으로 유도된다. 자제 없는 욕심의 끝에는 공멸이 있을 뿐이다.

2

아, 우크라이나!

교과서에 국가의 3요소는 영토, 국민, 주권이라고 기록되어 있다. 안보국가, 발전국가, 민주국가, 복지국가 순으로 발전단계를 거치는 것이라는 설명을 부연한다.

조국 대한민국의 영토는 한반도를 3.8선으로 갈라 남북이 다른 이념체제를 유지하고 있다. 국민은 3.8선 남한의 경우 5,200만 명, 3.8선 북한의 경우 2,500만 명으로 추산 약 7,700만 명이다.

남한은 자유민주주의 체제로 대통령 중심제의 국가이고, 북한은 사회주의를 표방하는 국방위원장으로 호칭되는 인민위원장제도다. 한반도에 2개의 국가가 존재하면서 동족이라는 이유로 서로가 통일을 염원하면서도 총부리를 겨누고 있다.

주권이란 무엇인가? 과연 목숨보다 소중한 것인가? 우리가 치른 남북전쟁 6.25 전란이 발발한 이유는 어디에 있는가?

일본이 대동아공영을 외치면서 35년간 저지른 수탈은 왜 이루어졌는가? 식민지로 전락되거나 패전국이 되었을 경우 국민감정은 어떤 것이며 왜 국민은 목숨을 담보 삼아 항거하여야 하는가?

집단살육이 일어나고 힘들여 만든 도시가 파괴되고 패전이 몰고 온 무법천지를 피해 피난의 고행을 겪어야 한다.

눈앞에 전개되고 있는 우크라이나 사태를 보면서 우리는 무엇을 생각하고 있는가? 전쟁은 공멸이라는 생각과 전쟁의 참혹함에 치를 떨어야 하는 공포 속에 평화는 공존의 정체성이라는 각성의 시간을 갖고 있으리라 예상한다.

하필이면 이런 시국에 대한민국은 대통령 선거를 치루어야 하고 당선 가능성이 있는 여·야간 후보의 평화관은 극명하게 대립각을 세운다. 총론은 하나지만 그들의 처방 대안은 다르다. 다를 수 있음에 대하여 인정한다.

그러나 다른 처방이 애국적 견지가 아니라 득표적 견지에서 하는 헛소리 수준이라면 이들은 대통령으로서의 철학도 비전도 없는 정치 야합꾼이다.

국가안보의 둑이 무너져도 대통령은 되어야 하겠다는 후보는 정리되어야 하는 이적 범죄자다. 국가가 존재하지 않는 데서 평화를 주창하는 것은 무인도에 가서 자유를 외치는 것과 무엇이 다르랴.

수도를 지키며 죽음을 각오하는 우크라이나 대통령의 항전 의지는 결국 소련을 손들게 하리라. 각국에 산재해 있는 대외 국민들이 조국 수호를 외치며 전쟁을 불사하고 총을 들고 전장을 향한다면 결국 정신전력에서 침략자는 손을 들고 마는 것이 역사의 교훈이기 때문이다.

이제 시리아 난민사태 때보다 더 많은 난민이 어제 일자로 100만이 넘었다고 한다.

이것을 보고도 평화라는 단어가 주는 묘한 매력에 이끌려 무장을 해제하는 일에 손뼉을 치고 끝없는 도발과 위협으로 국민들을 공포의 도가니로 모는데 저자세로 일관하고 눈치 보기에 급급하고 비위 맞추기로 한 세월을 보낸다면 이것이 적의 오판을 불러일으키는 요인이 될 수 있음을 지적한다.

아! 우크라이나여. 침략자는 멸망한다는 교훈을 지구촌의 바이블이 되게 해 주려무나.

3

하늘은 사악한 백성에게
사악한 지도자를

쓰레기 더미에서 장미꽃을!

세상은 더할 나위 없이 부패해 간다. 우리말 사전에도 나와 있지 않은 '먹튀'라는 단어가 이제는 생소하지 않다. 내로남불은 이미 식상한 표현이 되었고, 공분이라는 대중의 폭발적 감정조차 사라져 가고 있는 듯하다.

위험에 처해 있는 동료를 구한다든가, 많은 구경꾼들 보는 가운데 죄 없이 뭇매를 맞아도 이를 말리는 사람이 없다. 법은 힘 있는 사람들의 시녀요, 돈은 권력과 비례한다. 사람들은 힘 있는 사람에게 모이고 권력 있는 사람들에게 아부한다. 이들은 없는 죄도 만들어 씌우고 목소리 크게 하여 진실을 덮어 버린다.

동녘에 해 뜨면 하루가 시작되고, 서녘에 낙조 드리우면 하루해가 저문다. 50일도 채 남지 않은 대통령 선거에서 후보는 물론 그 주변에서 설치는 운동원이거나 정당의 주구들은 사람이기를 포기한 사람들 같다.

자파의 잘못은 감추고 상대의 잘못이나 실수에는 게거품을 문다. 그 자신을 뒤돌아보면 그 또한 타락한 심성에 권력을 좇아 해바라기처럼 살아온 사람들 아닌가.

언론 또한 아무리 호도하려 해도 균형감을 상실한 채 진실보다 편향 보도에 길들여져 있고 식상한 지식인들은 한국을 떠날 기회를 노린다고 한다. 이대로 가면 지구상에서 없어질 나라가 대한민국이다. 평균수명이 늘어간다고 해서 지구상에 장수국가라는 이름이 붙여져도 영생한다는 보장이 없는 한 사람이 살지 않는다는 지구촌의 폐허지로 분류되고 오지국가로 무인도화 한다면 평화가 무슨 의미가 있고 번영이 무슨 의미가 있겠는가?

가정당 출생률이 1명이 무너져 0.85명으로 떨어졌다. 금년도는 추정컨대 0.85선도 무너질 것으로 예상된다. 코로나로 인한 사망, 자살률의 증가, 가정관리 능력이 없는 소년 소녀의 인명경시 사상, 대한민국은 어디로 가고 있는가?

왜 대장동사건에 연루된 사람들은 자살을 택하였을까? 굶주림에 허덕이다가 목숨을 걸고 탈북한 탈북자가 왜 다시 북으로 월북하였을까? 동남아의 젊은이들이 코리안 드림을 꿈꾸며 부족한 일손을 거들며 돈을 모아 본국으로 송금하고 있다.

이들은 한국 젊은이들이 기피하는 업종에서 일을 하고 있다. 농촌이거나 어촌 혹은 공장 노동자들의 일손 부족과 고임금으로 사업을 포기하는 경우가 많다.

최근 대전의 세무서 한 곳에서 하루 업종등록이 600여 개이고 폐업등록이 그를 웃돈다고 하는 이야기를 들었다. 시장경제는 이미 문을 닫기 시작했고, 통제경제 체제에서 사회주의 경제로 접어들었다.

대한민국은 빈익빈 부익부의 상징국가로 전락되어 가면서 국민들은 상대적 박탈감, 상실감의 늪에서 허우적대고 있다. 일손이 모자라 쩔쩔 매다가 문을 닫아야 하는 업태가 있음에도 청년실업은 선출직 위정자들의 공약 우선순위가 되어 입만 열면 국가의 난제처럼 호들갑을 떨고 있다.

1000조 원의 국민 부채는 내 후손들에게 물려주어야 할 유산이 되어 버렸다. 고난의 역사, 부모시대의 수난에 가까웠던 이야기들은 꼰대들의 넋두리쯤으로 폄하시키면서 이를 부추기는 작자들은 일확천금이나 정치권의 모리배를 꿈꾸고 있는 자들일지도 모른다.

국가의 철학이 사라지고 국민의 정체성이 흐려져 가고 있음에도 당선되면 무위로 무너질 공약과 상대방 비방으로 국민을 호도하고 있는 선거판이 보기도 역겹고 지겹다.

우리는 어려운 일이 생기면 아버지 어머니를 부르고, 하느님을 찾는다. 이런 나라에 하느님께서 구세주 같은 지도자를 내려 주실까?

백성이 사악해지면 하느님은 사악한 지도자를 내려 주신다는 성경 말씀이 우리를 오싹하게 한다.

4

팬데믹의
산물

코로나19로 인해 받는 불편이 고통으로 치닫는 과정 속에서 팬데믹이란 용어의 의미를 찾아봤다. 전염병의 6차 단계에서 세계적 대유행으로 걷잡을 수 없는 상황이 전개될 때 이를 이르러 팬데믹이라고 한단다.

문방구를 운영하는 막내아들 녀석한테 문자가 왔다.

'아버지! 장기대출을 좀 해 주세요. 이토록 어려워 보기는 처음이에요.'

그는 필자가 운영하는 보통 규모의 문방구를 물려받았고 5식구의 생계를 책임지고 있다. 큰 손주는 대학을 포기해야 할 것 같다고 한다. TV 화면에는 밤하늘의 별도 달도 따다줄 것처럼 혹세무민에 가까운 너스레를 떨고 있는 대통령 후보군과 정당의 기생충 집단들의 말장난이 한창 기세를 높이고 있다. 지지집단을 불러 모아 치고받고 빠지고 들이밀며 도탄에 빠진 국민들을 위하는 척 생쇼를 하고 있다. 적어도 필자의 눈에는 그렇게 비친다.

나는 막내아들 녀석을 위하여 아무것도 할 수가 없다. 어렵지만 4년제 대학을 나왔고 장교로 복무를 마친 후 가업을 물려받아 겨우겨우 생계를 유지하다 손을 든 것이다.

코로나19 탓인가? 본인의 무능인가? 부모 잘못 만난 탓인가? 정부의 정책 탓인가?

BTS는 열광하는 1억 명 이상 세계의 젊은 팬들이 뉴욕 공연을 보기 위하여 한겨울 텐트 속에서 추위를 견디어 내며 티켓 구입을 위하여 밤을 지새우고, 아프리카를 비롯한 어려운 나라들은 기아와 질병으로 국민들은 생명을 부지하기가 어려운 처참한 형국이다.

이런 이유로 경제적으로 세계에서 가장 눈부신 발전을 해 왔다는 대한민국도 양극화의 극점에서 제로섬게임으로 날밤을 지새우고 나와 이념이 다르다는 이유로 적으로 돌리고 내 밥그릇 챙기려고 상대 집단을 도둑 집단으로, 범죄 집단으로 내몰며 여론을 무기 삼아 국민의 눈과 귀를 흐리게 하여 그 반사이득으로 정권을 쟁취하려 하고 있다.

한 마디로 양심을 저당 잡힌 양아치 집단이 되어 철면피한 언행으로 우리들의 눈살을 찌푸리게 하고 있다.

더 두려운 것은 저들의 행각에 네 편 내 편이 되어 휘말려 드는 국민들의 무감각과 무경각이다. 그놈이 그놈이라는 이유로 하여 될 대로 되라는 심정으로 자포자기의 그늘에서 영원히 저들의 종속 집단으로 전락되어 간다는 것이다.

6단계 수준의 팬데믹보다 더 공포스러운 것은 자포자기의 늪 속에 빠지는 일이다. 블랙홀 같은 늪 속에 빠지고 나서야 살아야 하겠다는 생각으로 발버둥치고 허우적거려도 이미 늦어 버리는 것이다.

필자의 막내아들 녀석은 아비 잘 둔 덕으로 도박장도, 마사지 숍에도 못가 봤고 유산 한 푼 못 받았어도 죽는 소리도 죽는 시늉도 안 했는데 어지간히 급하긴 급한가 보다는 생각에 잠기고 나서는 평생의 업보가 자식에게 가는 것이나 아닌지 두려운 생각이 든다.

대한민국의 팬데믹은 코로나19가 아니라 실의와 좌절의 늪 속에서 너도나도 체념의 덫에 치어 삶을 포기하는 것이 유행처럼 번지는 일이다.

선거도 빨리 끝나고, 코로나도 빨리 끝나고 갈등과 대립도 이 정도로 끝났으면 하는 바람이다.

5

꼭 이겨야 되는
싸움 5가지

　코로나19가 위드 코로나(with corona)라는 이름으로 제약으로부터 부분 해제를 통하여 일상의 리듬을 회복하고자 하는 당국의 처사에 대하여 대부분의 국민들은 긍정적이지만 감염 확진자의 증가와 무증상 환자들로부터의 감염에 대한 괄목할 만한 처방은 눈에 보이지 않는다.

　이 시대 인류와의 한판 승부를 벌이고 있는 역병은 머지않아 퇴치되리라는 확신은 갖고 있어도 왠지 불안하기만 하다. 사람은 태어나면 언젠가 죽기 마련이지만 죽으려고 태어난 것은 아니다.

　사람답게 사는 일은 착하게, 건강하게 누군가에게 보람을 안겨 주려고 살아야 한다.

　철학적 명제의 어젠다이기도 하다. 그 명제의 어젠다 중 알파는 왜 사느냐, 오메가는 어떻게 사느냐이다. 바로 알파와 오메가가 정상적으로 작동되기 위해서 인류는 끝없이 싸워야 하고 그 싸움 상대가 지금 열거하고자 하는 5가지이다. 이는 인류의 공적이기도 하고 그 승리는 개인의 로망이기도 하다.

그 첫째가 '질병(疾病)'이다.

우리는 코로나라는 감염병으로부터 더할 나위 없는 시련을 겪고 있다. 만나고 싶은 사람, 보고 싶은 사람, 함께 식사하고 싶은 사람과 대중 속에 파묻혀 휩쓸리고, 때로 휩쓸어 보고 싶은 욕망을 자제해야 했고, 지금도 그 와중에서 벗어나지 못하고 있다. 그리고 그 퇴치를 위하여 신약을 개발하고 이기는 방법에 온 인류가 연구에 몰두하고 있다. 질병은 인류의 공적이다.

두 번째가 '가난(家難)'이다.

필자의 경우만 해도 보릿고개를 겪은 세대다. 도시락은 꽁보리밥에 김치 쪼가리였다. 우리보다 더 가난한 이웃들은 들판에 나 있는 둑새풀 가루를 볶아 사카린을 넣어 밥 대신 먹으면서 늘 배앓이를 하고 있었다.

인류는 아직도 굶주림에 허덕이는 민족이 있다. 지금 미국인들이 먹는 햄버거 1/3 조각만 아껴도 아프리카 빈민들의 식사문제는 완전히 해결될 것이라는 기사를 읽은 바 있다. 지금 동족이라고 일컫는 북한 사람들의 로망은 이밥(쌀밥)에 고깃국이라고 한다. 노인세대들은 세계에서 순번 1위로 가난한 사람들이 한국 사람이라고 한다. 가난 또한 우리들의 적이다.

세 번째가 '무지(無知)'라고 한다.

흔히들 배워서 남 주나라고 말들 한다. 왜 배우느냐. 알기만 하고 사용하지 않으면 박제된 천재요, 갑 속에 든 칼이다. 무지란 개인적으로도, 사회적으로도 뒤처짐을 면치 못한다. 모두들 저만치 앞서가는데 뒤에서 헐떡거리며 쫓아가 보면 상대는 거리를 좁히기는커녕 더 멀리 가 있다.

교육의 목적은 변화를 구함이고, 이는 행동으로 나타나는 것이다. 스스로 무지함을 알지 못하는 불행은 혼자만의 불행이 아니요, 자신은 물론 나와 함께 하는 모든 이들을 불행하게 한다. 하여 무지 또한 우리들의 공적이다. 반드시 싸워서 이겨야 한다.

네 번째는 '시련(試鍊)'이다.

우리는 흔히들 금수저를 물고 태어났느냐, 은수저 혹은 흙수저를 물고 태어났느냐로 출신 성분을 평가하기도 한다. 최근 여당의 대통령 후보는 자신은 무수저를 물고 태어났다고 강변하는 모습을 보이기도 한다. 우리는 각자가 던져진 위치에서 주어진 길을 간다. 어떤 부모, 어떤 반쪽, 어떤 스승, 어떤 친구를 갖게 되느냐가 한 사람 일생, 즉 인생의 좌표를 설정하게 되고 설정된 좌표에서 선택의 플랫폼에 서게 된다. 선택에 시련은 필수다.

금수저를 물고 태어나 좋은 학교, 좋은 배필, 좋은 스승과 친구를 만나 살찐 돼지의 삶을 살다가 가는 사람에게는 시련이 없다고 말할 수 있을까 되짚어 본다. 그 시련의 크기는 그 사람의 덩치하고 비례한다. 누구도 겪어야 하는 시련을 극복하지 못하고 그 이유로 하여 삶을 마감하는 사람도 있다. 세상사 뜻한 대로 되면 무슨 재미로 살 거냐는 시련 극복론자의 이야기가 공감이 간다. 이 또한 종류가 다양하다. 개인적인 시련, 국가적인 시련, 그 요인은 개인 그리고 그 국가가 제공한다는 것이다.

다섯 번째가 '자기(自己)'다.

자신과의 갈등에서 이겨내야 한다. 극복하지 못하면 이 또한 생을 마감하거나 실패한 인생으로 낙인찍힐 수밖에 없다. 하기 싫은 거 안 하고, 하고 싶은 것만 하다가, 아니면 그 지향으로 살다가 술에 중독되고 마약에 중독되고 도박에 중복되어 자신과 가정을 파멸로 이끌고, 주변과 가족을 불행하게 하는 사례는 허다하다. 극기(克己)란 인간 본연의 의무이자 당위다.

위에서 말한 싸움 상대, '질병(疾病)', '가난(家難)', '무지(無知)', '시련(試鍊)', '자기(自己)'는 꼭 이겨내야 할 우리의 공적이다. 그리고 스스로 인식의 주체가 되어 피아를 구분할 수 있는 인지능력이 꼭 필요하다.

인류의 공적 코로나 퇴치가 하루아침에 종식되기를 기원한다.

6

퍼즐게임의 끝

화천대유, 사자성어의 의미를 캐봄 직한 이름이다. 사건의 전말이 하나씩 드러난다. 들통이 나기 시작한다는 것이다.

누군가의 이야기 속에 정사(情事)는 비밀이 은폐될 수 없다는 이야기를 하며 우스갯소리를 했다. 변소간(화장실) 정사는 똥파리가 들통을 내고, 방앗간 정사는 생쥐가 들통을 내고, 보리밭 정사는 종달새가 들통을 낸다고 했다.

사람과 사람 사이에서 일어나는 일체의 사건에 비밀이란 존재하기가 어렵다는 의미일 게다. 한 마디로 먹고 튀고 뒤집어씌우고 오리발 내밀고 하면서 시간이 흐른 후에 권력을 손에 쥐면 그 권력의 칼날로 조자룡이 헌 칼 쓰듯 애매한 사람들과 정적들을 북한의 김정은이 자기 고모부나 이복형 김정남을 죽이듯 작살낼 것이 불을 보듯이 훤하다.

이들의 혀끝에 휘말리거나 휘말리기를 자처하는 세력들, 세력의 배후를 감싸거나 감추려는 작자들의 의도는 무엇일까 자못 궁금하다. 저들이 양의 탈을 쓴 늑대로서 몇 안 되는 죽창부대의 호위를 받으며 여론을 호도하고 목적의 칼을 휘두르는 동안 증거는 인멸되고 조작의 술수는 도를 넓혀 갈 수 있을지언정 양심에 박힌 철탄환은 생을 마감하는 순간까지 아니 지옥의 불구덩이 속에서도 빠져 나가지 않을 것이다.

역사는 돌고 돈다. 지금의 승자는 시간 앞에 무릎을 꿇어야 하고 지금의 패자는 언젠가 지금의 승자를 무릎 꿇게 할 것을 증명하여 주고 있다. 어떻게 만든 나라인데 몇 명 정치인들이 인기를 등에 업고 헛소리의 향연으로 국민을 우롱하고 호도하려 한단 말인가.

모든 길은 로마로 통한다고 했던가. 한 조각 한 조각 채워지는 퍼즐 조각이 그림의 윤곽을 드러내기 시작했다. 다 맞추어지는 순간 국민들은 '그러면 그렇지, 한 치의 예상도 빗나가지 않았군' 하면서 무릎을 칠 시간이 다가오고 있다.

하나 믿을 수 있는 사정 기관조차 오염이 되어 있어 자칫 사건을 더욱 깊은 미궁으로 몰아넣고 사주하는 사람의 몸종으로 전락될 우려가 불식되지 않았다.

대통령 선거가 코앞으로 닥쳐오고 있다. 입 가진 자들이 후려치기 갈라치기 때려잡기 식으로 상대 후보에게 프레임을 씌워 결점으로 둔갑시키려는 비도덕적 작태를 보면서 아직도 쓰레기통 속에서 장미를 구하려 하는 대한민국 정치의 허구를 보는 것이라는 공포로 밤잠을 설친다.

코로나 정국에 이를 이겨내지 못하고 자살로 생을 마감하는 자영업자들이 속출하고 있다. 아이가 아이를 낳아 쓰레기봉투에 담아 쓰레기통에 넣질 않나, 바로 쓰레기통 속으로 넣고는 뒤도 돌아보지 않는 작태를 보면서 저들은 어떤 처방을 갖고 있는가를 묻고 싶다.

만기출소자가 출소하자마자 죄 없는 여인을 둘씩이나 살해하고 시체를 승용차에 싣고 사정당국으로 직행하여 자수를 하는 어이없는 현실이다. 더 기가 막힌 것은 더 못 죽여서 한이라는 그의 절규다. 사이코패스로 치부하고 그의 외침에 애써 얼굴을 돌리면서 입으로는 온갖 감언이설로 민심을 현혹하는 진짜 쓰레기들이 없기를 바란다.

문제는 우리 사회가 어떻게 돌아가기에 저런 사이코패스가 양산되는지 그 치유책을 가진 자가 대통령도 되고 소통령이 되었으면 좋겠다. 투명해 보이지만 흑막이 장막으로 가려진 자들, 화천대유의 국민 상대 착취꾼들의 퍼즐게임이 대통령 선거 전에 끝나야 한다.

7

고발사주
사주고발

잘못을 저질렀어도 그 사람이 높은 사람이거나 정부 요직에 있어 정당의 보호를 받는 사람이라고 하여 그대로 두고 보아야 한다. 특히 온갖 수단과 방법으로 자기들끼리 짜고 치는 고스톱판으로 세상을 쥐락펴락하는 사람들의 잘못을 검찰이거나 사정 당국은 눈을 감고 지켜봐야 하는지를 묻고 싶다.

식견과 능력이 모자라서 전문가적 식견을 가진 사람에게 그냥 견디는 일은 치욕스러우니 꼭 고발 좀 해달라고 부탁을 하면 그것이 고발사주인지를 국민들에게 묻고 싶다. 대통령 후보로 가장 추앙받는 후보를 엮어 추락시키든 주저앉혀야 하는 사람들에게 왜 그래야 하는지를 묻는다면, 그 반사이득으로 정권창출을 하려 한다고 할 것이다.

정권은 바뀌어야 되는 것 아니냐고 다시 묻는다면 예상되는 답은 두 가지다. 지금 당하고 있는 야당 모습이 자신들에게 적용될 것이 두렵고,

가진 것 토하고 지은 죄 털어놓아야 할 것이 두렵다고 말할 수밖에 없으리라. 하나 후보들의 입에서 나오는 말은 나라 사랑, 국민 복지, 살기 좋은 세상을 만든다는 노랫말이다.

헛소리임을 알고도 혹여나 하는 기대를 이용하여 표심을 모으고 언론은 부화뇌동하여 입맛을 맞추어 준다. 체면이고 나발이고 간에 하고 있는 마타도어, 결점 찾아 헛소리 퍼트리는 일련의 행위를 규탄한다. 권력욕은 참으로 더럽고 무섭다는 생각이 든다.

정권의 주구가 되어 무소불위의 권력을 휘두르는 자들은 장악한 언론을 통하여 교묘하게 치고 빠지는 일이 능수능란하다. 속마음을 감추고 객관적이고 합리적인 척 편집의도가 보이는 언론이 나라를 망가지게 한 일은 한두 번이 아니다. 같은 맥락에서 대통령 선거 때마다 등장하는 단골 메뉴가 또 벌어지고 있다.

김대업 사건을 기억하고 있는 국민들은 금번 나라를 들끓게 하는 고발사주 사건을 보면서 그러면 그렇지 그냥 넘어가지는 않을 것이라고 예상하고 있던 터다. 조용하게 봉합될 수도 없겠지만 조용하게 봉합된다면 단언컨대 제3의 고발사주를 준비하면서 일정 조율, 팩트 조절을 준비하고 있을 것이다.

피고발자 황모, 최모, 유모 씨 등은 문재인 정권 창출에 그 공이 지대하고 언론은 그 입을 주목하고 있다. 정권 창출의 공로자는 정권 창출에 실패한 세력들에게는 철천지원수다. 원수의 치부를 찾아내어 고발을 사주했다면 그것이 죄가 될 수 있을까. 생각은 자유겠지만 예를 들어 나라에 해를 끼쳤다는 의심이 들거나 사실이 적시된 사람을 그냥 놔둬야 될까, 고발 전문가에게 고발을 부탁해야 할까, 초록은 동색이고 가재는 게 편이라는데 하나마나한 고발보다 고발이 효과적일 수 있는 곳에 고발을 해야 할까.

박근혜 정권을 탄핵시킨 법원의 최종 판결도 부정하는 법 위에 군림하는 자들을 객관적인 사찰기관에 고발하는 것을 고발사주라고 하여 비윤리적 비도덕적 프레임을 씌워 정치 일선에서 퇴출시키고 제거하는 것이 목적이라고 밖에 보이지 않는다. 여기에 흔들리고 긴가민가 하는 의혹의 눈초리에 동화된다면 우리는 그 노림수의 제물이 되는 것이다.

천정부지의 아파트 가격, 잘못된 정책 사과한 일 있나. 바다에 빠져 살려달라고 아우성치는 수산직 공무원을 총으로 쏘아 죽인 팩트를 두고 북한의 사과를 받아내기는커녕 스스로의 잘못을 인정한 일도 없다.

국민 세금으로 지어준 남북연락사무소를 폭파하는데 분노조차 내보이지 못하는 친북정권이다. 사과를 모르고 실정이 실정인지 모르는 사람들이 또 다시 정권을 창출한다면 대한민국에는 정치적 미래가 보이지 않는다.

윤석열은 누구인가. 양대 거대 정당 세력 앞에 가장 당당했던 검찰총장이다. 큰 목소리가 작은 진실을 덮고 고도의 술책으로 호도되는 선거판의 진면목은 자칫 악화에 의하여 구축되는 양화처럼 충청권의 기대를 무너뜨릴 수 있다.

효과적인 고발을 위하여 이를 사주했든 안 했든 검찰은 자기 할 일을 한 것이다. 지금 김오수 검찰총장이 당시 총장이었다면 이런 사단이 될 수 있었을까를 묻고 싶다.

고발사주는 범죄가 아니지만, 사주를 고발한 사주고발은 그 저의가 지극히 치졸하다. 국민들에게 사주고발을 고발한다.

8

독서의 계절을
맞이하여 문학은

고독은 문학을 낳고, 허무는 절망을 잉태하는 것이나 아닌지.

별 볼 일 없는 목숨이 별 볼 일 있다고 생각되기도 하고 살 만큼 살았어도 욕심은 끝이 없습니다.

문학은 말(언어)입니다. 입속에 넣고 우물대는 말도 문학이요, 내뱉어지지 않는 설움을 눈물로 짜내다 자기 설움에 액셀을 밟아 폭풍 같은 울음이 되게 하는 것도 문학입니다. 일몰 앞에 앉아 넋을 놓고 강물을 바라보다 홀연히 그리움에 젖어 강에 몸을 던지는 정서도 문학 때문이 아닌가 생각됩니다.

국민 여러분!

문학 또한 사랑과 정성의 소산입니다.

세월을 살다 보니 글사랑도 아무나 하는 것이 아니었습니다. 사랑하는 자는 사랑이 기쁨이요, 만족이요, 삶의 원천입니다.

하여 타인에 대한 관심과 애정을 공유하며 희로애락이 글을 읽고 쓰는 과정임을 인정합니다.

사랑을 모르는 자, 독불장군입니다. 공유를 모릅니다. 문학은 일종의 마약 같은 것으로 취급합니다.

욕망과 현실의 조화는 사람만이 할 수 있는 것이란 사실에 귀의할 줄 모릅니다.

함께 가면 오래 걸을 수 있습니다. 홀로 가면 쉽게 지치고 때로 짜증 나고 오래 걷지 못합니다.

아직도 필자는 기억이 생생합니다. 대전 소재 대덕대학에서 문학의 산실이라는 야간 강의시간, 제자들과 눈 덮인 대덕벌 기슭을 오르며 밤이 온통 흰 도화지 같았던 설원은 전율이었습니다.

기억의 바다 속을 일렁이는 지워지지 않는 각인된 추억입니다. 문학은 추억의 산물이기도 합니다.

많은 사람들이 명리의 노예가 되어 쓰레기의 제물로 전락합니다. 우리의 탐욕은 절제를 모르고 부패의 늪 속을 헤맵니다.

스스로를 탄핵해야 하는 지경에 이르렀습니다. 으레 그러려니 하는 자포자기 속에 서서히 망가져 가고 있습니다.

그리고 망가져 가고 있는 이유를 모두 내 탓 아닌 남 탓으로 돌리며 자위하고 있습니다.

문학은 남의 이야기 속에 자신의 이야기를 건져내고 쓰다 보면 반성과 성찰의 시간과 대면하게 됩니다.

본능이 이성을 이기면 짐승이고, 이성이 본능을 좌지우지하면 신(神)이고, 본능과 이성이 갈등하면 인간입니다.

문학은 삶입니다. 인간을 사람답게 만들어 주는 훌륭한 기능을 가졌습니다.

국민 여러분의 정진을 빌어 봅니다.

쓰기 싫으면 읽어 보시고, 지치면 기록으로 끄적거리며 꼬물거리는 글자 속에서 자신을 비추어 보십시오.

문학은 삶의 길잡이요, 지평입니다.

독서의 계절, 코로나19로 지친 심신에 보약이 될 것입니다.

9

가을의
모퉁이에 서서

유난히도 짜증나는 여름이었다. 4자릿수를 오르내리는 코로나19 확진자가 그렇고, 그런 이유로 하여 집콕을 유도하고 방콕을 강요하는 행정당국의 제재도 그렇다.

산다는 것은 꿈을 갖고 꿈을 향해 도전하는 과정이다. 어쩌면 결과보다 훨씬 중요할 수 있다. 생의 마지막 결과는 죽음이기 때문이다.

유흥을 즐기는 자들은 엄폐된 골방에서라도 술판을 벌여야 하고, 젠더 페미니즘은 가장 엄해야 하는 군기가 생명인 공군 해군의 여성 부사관을 자살에 이르게 했다.

병적인 탐음자들은 휴대폰의 앵글을 숨기고 길가는 여성의 은밀한 곳을 카메라에 담아 내장한다. 더욱 비참한 것은 내가 낳은 자식을 딸이 낳은 자식과 바꿔 치고 죽음에 이르게 한다.

길 가던 행인이 무슨 죄가 있다고 무지막지한 폭력으로 반신불수를 만들고 엘리베이터 안에서 기분 나쁘게 쳐다봤다는 이유로 나이 든 어른을 죽을 만큼 때리는 젊은 사람을 어떻게 봐야 하는지….

한여름이 지나고 추수를 앞둔 들판의 오곡이 그 목적을 다해 가면서 고개를 숙이기 시작하는 가을의 길목이다.

사회심리학적 고찰을 통하여 분노조절장애 환자로 취급받고 치료를 요하든 감옥으로 가든 원인 행위보다 결과론으로 모든 것을 취급하려는 현정부의 잘못된 인성교육 정책은 어제 오늘의 일은 아니지만 그 무관심과 무대책, 무대응은 도가 넘쳐도 한참 넘쳤다. 책임을 따져 묻고 원인 행위를 규명하고 재발 방지를 논해야 함은 국가 백년대계의 초석임을 잊은 지 오래다.

언론 또한 으레 관심을 보이는 듯하다 어물어물 넘겨 버리고 만다. 더구나 2020년 통계에서 저출산율이 인구감소 추세에 이름에도 대통령 후보라는 작자들 중 이를 대안으로 제시하는 후보는 당선이 무망해 보이는 후보 한 사람뿐이다.

결국 대한민국이라는 나라는 이대로 간다면 지구상에서 없어지고 말 것이다. 집안에 어른도 없고 학교에 선생님도 없다. 아이가 필요치 않은 가정에 어른이 필요하겠나.

국가 부정, 체제 부정, 역사 부정의 선동자들이 판을 치는 교직 사회에 스승이 존재할 필요가 있겠나. 심지어 정신대라는 이름으로 만신창이가 된 얼마 살지 못할 이 땅의 한 많은 우리들의 어머니들을 팔아 치부하는 사람이 국회의원이 되고, 늦게라도 반성의 기미를 보이기는커녕 적반하장이다.

지금 세계 뉴스의 리드를 잡고 있는 아프간 사태를 보라. 지도자라는 사람이 돈 보따리를 싸 들고 해외로 도망을 갔다.

정규군이 30만이라고 으름장을 놓던 저들이 실제 5만이 못 되는 병력으로 미국의 군자금을 빼돌리는 선수들이었다니 그 결과는 당연한 것이 아니었겠나. 반면교사, 타산지석으로 삼고 정신을 바짝 차려도 남북한의 대치상황에서 위협을 느끼고 사는 판에 들리고 보이는 꼬락서니는 가관이다.

아침저녁으로 미량을 느끼는 계절이다. 가을을 향한 빗소리가 창을 때린다. 어김없이 다가오는 시간의 윤회 앞에 숙연한 자세로 나와 함께 성찰하는 시간을 가져야 한다.

어떻게 만들어 놓은 나라인가!?

10

혼밥족에게
드리는 쓴소리

　필자는 밥상머리에서 이루어지는 교육의 부재를 탓하며 가족제도의 붕괴를 안타깝게 생각해 왔다. 농업사회는 소품종 대량생산시대였다. 주식은 쌀이었고 보리는 준주식이었다. 쌀과 보리의 소출은 농지가 아니면 안 되었다.

　여기에 더하여 왕권 중심의 지배체제 속에 국가권력은 세습체제가 많았다. 사유재산제도가 인정되기는 했지만 절대권력의 비호 속에 탐관오리들이 득세하였고, 간신배들은 권력자들의 비위 맞추기에 급급하였다.

　그러나 생산체제가 다품종 소량생산 시대로의 전환과 더불어 가족제도는 붕괴를 걷기 시작한다. 이른바 산업사회의 도래다. 붕괴되어온 대가족시대 이후에 출현된 가족제도를 우리는 핵가족이라고 명명한다. 핵가족시대의 특색은 가부장적 권위가 무너지면서 다시 핵분열을 일으켜 나노가족, 독거가족, 사물인터넷가족, 현재는 4차 산업혁명시대의 가족제도로의 전환을 지속해 왔다.

한 지붕 아래 살면서 한 끼의 밥도 함께 먹지 않는다면 이를 나노가족이라고 부른다. 부모와 자식을 비롯하여 가족이라고 부르는 사람들이 한 집안에 살면서 밥상 앞에 함께 앉아 지금까지 이어온 밥상머리의 만남이 사라지고 만 것이다.

이어 가족관계는 독거가족이라는 이름으로 직장이거나 학교가 원거리인 경우에 근처로 생활의 터전을 옮긴다. 혼자 사는 외로움 때문에 반려동물을 벗 삼아 살기도 하지만 가장 중요한 식사를 혼자서 처리하게 된다.

우리는 이런 족속을 혼밥족이라고 부른다. 물론 나노가족 제도의 연장선상이라고 생각해 볼 수도 있지만 가장 중요하다고 여기는 식구(食口)의 개념은 새롭게 정리되어야 할 수밖에 없다.

24시간의 하루 동안 3시 세 때에 세끼의 밥을 먹어야 산다는 종래의 개념 속에 밥은 식구들의 생명과 건강이 직결되어 있다고 여겨 왔고 지금도 유효하다. 가족은 식사를 함께하며 밥상머리에서 가족의 소중함과 소중한 만큼 소통의 대화를 나눈다. 공동체 의식을 공유할 뿐 아니라 생명윤리의 정체성을 깨닫게도 된다.

음식 속에 녹아있는 영양과 준비한 어머니(어머니가 아니라도)의 손길에 감사할 줄 알게 된다. 그러나 혼밥족에게는 밥상머리가 어딘지, 왜 감사를 해야 하는지 알려고도 하지 않고 알지도 못한다. 밥상머리 교육은 영원히 실종되어 버린 것일 수도 있다.

배고프면 먹고 배부르면 굶는 인간과 구별되는 하등동물들의 그것과 다를 것이 무엇인가. 사람이 사람과의 관계를 통하여 서로가 대등한 인격체임을 인식하면서 먹고 마시는 행위를 통하여 너와 내가 다르지 않다는 사실이 각인된다. 소중한 인간관계가 정립된다.

인정의 미학이 자신에게 결여된다면 이는 혼밥족들의 불행이 아닌가. 돌이킬 수 없는 추세 속에 함께 있어도 없는 것이나 똑같은 가족 개념은 비단 혼밥족에게 있는 것은 아니라고 할지 모른다.

객지에 분가해 사는 자식들과 한 끼 밥을 같이하려고 기다리는 늙은 부모님들에게는 자식과의 한 끼 밥을 같이하는 것이 평생 동안의 로망이 되어 버린 현실이지만 냉랭하기만 자식들의 모습도 목불인견이다.

코로나19로 인하여 빚어지는 아픈 현실이 혼밥족들에게는 위로가 될지 모르지만, 혼밥족들의 홀로 밥 먹기가 지속되는 한 이들의 주변과 이웃에 대한 상호 배려는 어려운 상황에 봉착하게 될 것이다.

옆집을 불러들여 가끔씩 식사를 하는 미풍양속이 무너지면서 옆집에 불이 나도 함께 불을 끄기보다 소방관 뒷주머니에 봉투를 찔러 넣어 주며 내 집에 불이 옮겨 붙지 않게 하라는 민심이 요즘 민심이라고 한다. 기막힌 현실이다.

이유가 이웃사랑 부재라면 혼밥족에게는 불행이든 행복이든 공유의 기회가 거의 없어질 수도 있다. 가족 간의 사랑은 밥상머리에서 시작되고 신장된다. 좋은 사람과 함께하는 식사가 얼마나 행복한 것인지 아는 사람은 안다.

11

한 번도
경험해 보지 않은 나라

5월 초부터 TV 화면에 비치는 뉴스의 포커스를 받는 얼굴의 면면들은 하나같이 보는 이들의 얼굴을 찌푸리게 한다. 양아들의 배를 주먹으로 때려 생사의 갈림길에 몰아넣은 패역의 얼굴에서 소위 문재인 정권의 마지막 개각 대상으로 올라온 철면피한 범죄 혐의자들에 이르기까지….

이들의 철면피한 모습을 보며 청와대와 권력 실세자들은 어떤 생각을 하고 있을까 자못 궁금하다. 어차피 도둑놈 소굴 같은 복마전의 전당인데 이 정도는 옛날부터 눈감아 주는 정도였고, 나 또한 깨끗하지 못한 이력의 소유자로 장관 후보에 캐스팅될지도 모르는데 해 먹도록 밀어주자는 의도가 바닥에 깔려 있다면 정부나 정권은 국민적 탄핵의 대상이 되어야 한다.

며칠 전 20대 청년 8명을 불러 쓴소리를 경청하겠다던 여당의 초선

의원들이 친문그룹의 호된 질책 속에서도 이를 강행한 것 등은 아직 이 정권의 잔존세력에게 그나마 작은 신뢰라도 가질만한 것이 아닌가 했었다.

입에 올리기도 싫은 전 서울시장 박원순과 부산의 오거돈 시장이 저지른 성추행 사건으로 인하여 가뜩이나 이반되어 있는 민심의 향배 따위는 무시하고 오물이 묻어 있거나 도덕적으로 심하게 타락되어 있는 인사들을 장관 반열에 올려 이들과 함께 남은 임기 동안 국정을 쇄신하고 잃어버린 민심을 만회할 것이라고 생각한다면 이야말로 어불성설이다.

조국 장관, 유시민 노무현재단 이사장, 방송인 김어준, 지금 15명 정도의 울산시장 선거범죄 혐의자로 집단소추 상태에 처해 있는 친정부 인사들, LH투기 혐의자들, 초록은 동색이라고 밖에 표현할 수밖에 없는 사람들 아닌가.

입만 벌리면 공정과 정의를 외치는 청와대의 입과 여당 대변인의 입들은 궤변과 날조, 거짓말과 핑계 대기에 이력이 나 있다는 것이 과한 표현일까?

자신이 저지르고 있는 행위가 역사의 단두대 위에 어떻게 처형될 것인가를 두려워하지 않는 무지나 어리석음은 어디서 오는 것일까?

이 땅 위에 적임자가 없다면 청와대 참모진과 남은 임기를 그냥 보내는 것만도 못한 인사들에게 걸맞지 않은 감투 씌우는 일을 국민들은 고양이에게 생선가게를 맡기는 것이라고 생각할 것이다.

무엇 하나 해낸 일도 없고 잘한 일은 눈을 씻고 찾아보아도 보이지 않는 문재인 정권의 마지막 인사가 이럴진대 레임덕은 더욱 가까워질 것이고 도덕적 불감증은 도를 넘을 것이다.

더욱 두려워지는 것은 성장하는 다음 세대들에게 내보일 뻔뻔한 얼굴들이다.

　밀수나 하고 공금으로 딸들 여행이나 시키고 치부나 하는 작자들을 장관으로 모시고 살아야 하는 나라, 역시 한 번도 경험해 보지 못하는 사연들이 너무 많아 이제 진저리가 쳐진다.

　이런 경험들은 이제 그만 했으면 한다.

12

4월의 향기는
가뭇없이 사라지고

꽃의 계절이 사라져 가고 있지만 넝쿨장미의 요염한 모습이 우리를 기다리게 하고 라일락 향기가 우리를 자지러지게 할 5월이 아무런 노크도 없었는데 얼굴을 내밀었다.

정치권은 서울, 부산시장의 보궐선거를 통하여 보여준 민심의 소재와 그 원인 분석에 전전하는 것 같다.

이 또한 잠시의 자중지란으로 끝날 그 나물에 그 밥이 될 것이고 1년여도 남지 않은 대통령 선거에 목을 맬 것이다.

우리가 안고 있는 민생 현안이나 내로남불과는 무관한 사안으로 저들만의 공염불로 국민들의 이맛살을 찌푸리게 할 것이다.

지난 4월의 사회면을 되짚어 보자.

4개월 전 누나를 죽이고 농수로에 유기한 남동생의 패륜, 22살 먹은 손정민 학생의 밝혀지지 않은 죽음, 20대 젊은이가 70대 노인과 엘리베이터 안에서 눈이 마주쳤다는 이유로 죽음 직전에 이르도록 폭행을 한 소설에서나 나올 만한 이야기, 가장 엄정한 룰이 생명인 스포츠 현장에서 국민적 영웅으로 추앙되어 온 농구선수 ○○○가 후배를 폭행하여 제명 받아야 하는 사태, 축구선수 ○○○의 부동산 투기를 통하여 세간을 뜨겁게 달군 이야기, 아직 수사가 종결되지 않은 채 고구마 줄기처럼 얽혀 나오는 LH사태.

회사 직원들과 그 가족들의 부동산 투기 열풍을 보며 생선가게를 고양이에게 맡긴 채 가게도 구럭도 놓치고 망연자실하는 국민들의 허탈이 극에 달했던 4월이다.

더구나 지칠 줄 모르는 코로나의 극성과 심심찮게 죽어 나가는 백신 접종자의 밝혀지지 않는 인과관계 등은 온통 우리를 공포의 도가니로 몰아넣고 있다.

지금 우리나라는 어디로 가고 있는 것인가? 왜 300명이나 되는 국회의원 나리들은 그 원인과 처방에 대하여 입을 닫고 있을까. 입만 열면 코로나 정국의 대처 능력이 세계 최고 수준이라고 자찬에 혈안이 되었던 정부의 백신 구매 역량이거나 거짓말은 사과 한 마디 없이 가뭇없이 사라지고 냄비근성의 국민들은 살기 바쁘다는 이유로 잠시 부글거리다 잊어버리고 만다.

외국인 노동자의 천국이 되어버린 대한민국이 젊은이들은 일자리가 없다고 헬조선을 외친다. 힘든 일은 하기 싫다고 비트코인 광풍의 노예가 되어 허황한 미래의 노예로 전락되기도 한다.

5월은 왔다. 신록이 꽃보다 화려한 5월은 31일 중 19일은 일하는 날이요, 12일은 휴일 및 주말이다.

어린이날, 어버이날, 스승의 날, 불심을 통하여 자비로 세상을 밝히려 했던 부처님의 탄신일도 5월 19일이다.

미쳐 돌아가는 계절이라서 태백산에 눈이 내리기도 하고 한겨울에 매화가 꽃망울을 맺기도 하지만 5월은 5월이다.

반면교사로 삼아야 할 세상사, 역지사지를 통한 배려, 인명경시 사조가 가져올 대한민국의 미래, 이대로 가면 간판을 내려야 할 자유 민주주의의 위기는 민생보다 국기보다 더 두려워해야 할 명제다.

사라진 4월의 꽃향기가 패륜과 패역으로 얼룩져 사라져 갔다.

신록처럼 푸르기만 한 5월의 꿈을 새롭게 채색하는 자세로 인간의 잔혹성이 순치되고 순화되도록 자정하는 달이 되도록 만들자 이름하여 가정의 달이 아닌가. 5월에는 사랑하고 사랑받으면서 인성교육, 효교육을 통하여 솔선수범하며 약자를 향한 착한 마음에 불을 밝히자.

13

신(神)이시여!

재판정에서의 우화다.

판사 : 피고는 빤히 드러날 거짓말만 계속하는군요. 더 큰 처벌을 원하십니까?

피고 : 무슨 말씀을 하시는 것입니까. 당신보다 훨씬 지체가 높은 대법원장도 더 큰 거짓말을 하는데….

LH공사의 투기자들은 공사의 직원이니 공적인 국가의 기간요원이며, 국민의 봉사요원임이 그들의 정체성이다. 범정부적으로 범정권 차원에서 생선가게를 점유하고 있는 고양이 세력을 척출하고 발본색원을 천명하는 양 이들을 응징하고 투기재산을 몰수해야 한다고 목소리를 높이고 있다.

보궐선거가 끝나면 용두사미로 끝날 것이 불을 보는 것처럼 보인다. 그 결과는 언론에 보도된 수준 외에 속 시원하게 내보일만한 것은 분명

나타나지 않으리라.

　서울, 부산시장의 보궐선거를 앞두고 도덕성에 치명타를 맞는 문재인 정권의 죽창부대는 입에 침을 튀기며 국정감사를 운운하고 제도개선 운운하지만, 이는 선거용이고 야당의 입을 막아보려는 안타까운 발악에 지나지 않는다.

　지금까지 국민의 혈세로 호위호식하며 재산증식에 혈안이 되어 있는 의원들은 혹여 불똥이 자신에게 튈까 전전긍긍하면서도 입으로는 정의를 자처한다.

　평생 안 쓰고 저축만 한다 해도 이룰 수 없는 축적재산이 50억 이상인 여야 서울, 부산시장 후보들의 재산 축적 과정도 정밀 추적해 보면 이들 또한 자유스러울 수 있겠나?

　이들이 자리에 오르면 LH공사 직원들처럼 생선가게의 주인 노릇을 할 고양이가 되지 않을 것이라는 것을 믿어도 된단 말인가.

　법정에선 피고가 판사에게 항변하는 모습이 술 취한 생쥐가 고양이한테 대드는 모습을 연상하게 하지만 웃어야 할지 울어야 할지 모르는 사회상의 단면인 것은 확실하다.

　9번의 거짓말과 1번의 참말을 놓고 확성기 소리 크게 하여 9번의 거짓말 대신 1번의 참말만 9번 외치면 1번의 참말이 9번의 거짓말을 덮는다는 정치권의 내로남불 세력은 나라 걱정보다 정권 걱정으로 날밤을 지새면서 괴벨스*의 망령에서 벗어나지 못하고 있다.

　사람의 탈을 쓰고 자기가 낳은 자식을 자식이 아니라고 부정하는 여자도 있고, 자식을 낳아 유기하여 생사를 모르는 부모가 있다. 이들이 법정에 서면 통렬한 자기반성은 없고 거짓말과 변명으로 일관하는 것을 자주 접하면서 그 사악함이 신의 형벌을 불러와야 한다는 자괴감에 빠지기도 한다.

영어중인 죄수에게 위증을 교사하는 검사를 믿으라고 하고, 그를 요직에 앉히는 더 높은 사람은 누가 처벌해야 하는가.

인명보다 인권보다 권력이 더 위대함을 보여주는 미얀마 군정은 일시적으로 승할지 모르지만 결국 손을 들고 무너질 수밖에 없다. 거짓과 위선으로 얼굴을 가릴 수는 있어도 하늘을 가릴 수는 없다.

신은 반드시 이들에게 그 대가를 치르게 할 것이기 때문이다.

신이시여!

*괴벨스 : 히틀러 휘하의 궤변가. 한 줄의 문장만 있으면 누구든 살릴 수도 있고 죽일 수도 있었던 하루살이 독일의 재상. 이 또한 자살로 생을 마감하였다.

14

274,200명의
출산이 의미하는 것

동면이라는 혼곤한 잠 속에서 기지개를 켜는 것은 동물이나 식물만은 아니다. 사계절이 뚜렷한 나라에서는 계절의 변화가 곧 새로운 준비를 향하는 기지개를 켜는 신호이기도 하다.

코로나19로 인하여 우리의 일상이 헌납되고 한 치 앞의 미래를 예측할 수 없는 지난 한 해를 보냈고 2021년 또한 희망을 지니고 환호를 할 수만은 없다. 부모 자식의 윤리가 우리 모두를 아연하게 하는 일련의 사건들이 그렇고 희망의 정치를 양산해 내지 못하는 정치윤리의 실종이 그렇다.

더 무서운 것이 있다면 2020년 한 해 대한민국의 출산 인구가 274,200명이라는 것이다.

한 사람도 죽지 않고 단순하게 태어나는 숫자만으로 기산한다면 1년에 아산시 정도의 시 인구가 불어난다고 할 수 있겠으나 천수를 다하여 죽고, 교통사고로 죽고, 사고사로 죽고, 코로나19로 죽어가는 숫자가 그 배가 된다면 우리가 인구 제로의 나라가 될 날은 통계청 계산보다 훨씬 앞당겨질 것이며, 대한민국은 문을 닫아야 할 위기가 점점 빨라진다는 것이다.

가정당 1명이 채 안 되는 0.85명의 출산으로 역대 최악이다. 아무리 어려워도 저 먹을 것은 갖고 태어난다면서 똥구멍이 찢어지게 가난하여도 애 낳는 것만은 장려를 하였던 가난의 역사가 대물림되어서는 안 되지만 이건 해도 너무한다.

최소한 결혼가정당 2.4명은 출산을 해야 5,000만 인구를 유지한다고 한다. 고령화 사회, 초고령화 사회에서 생산인구의 감소와 젊은이를 볼 수 없는 시대를 생각해 보라.

다문화시대라는 이유로 무차별 유입되는 동남아쪽의 외국인들조차도 한국사회의 내로남불 풍토에 혀를 내두른다. 결혼을 통하여 유입된 다문화가정의 균열과 이혼율 또한 정확한 통계가 없지만 위험수위에 다다르고 있다.

세계 선진국 대열의 37개국에서 우리는 37위의 저출산 국가가 되었다. 저출산율로는 세계 1위의 나라가 되었다. 독거가족은 증가하여 주택난은 가중되고, 인구는 주는데 청년실업은 상존하고, 국민소득은 느는데 빈부의 차이는 심해진다.

국민 모두가 삼시 세 끼 배부르게 먹고 쓰레기통에 먹다 버린 음식 쓰레기가 산을 이루는데 국가 부채는 천문학적으로 늘어나는 세태를 무엇으로 설명해야 할지….

멘탈 붕괴가 어느 지경에 와 있는지가 설명으로 대입되어야 할 것 같다. 중학생이 전철 안에서 할머니에게 막말을 하며 머리채를 잡고 흔드는 세대, 길 가다 쳐다봤다는 이유로 40대가 60대를 무차별 폭행하는 이유를 설명할 수 없는 세대, 버스 안에서 담배 피우지 말라는 기사를 폭행하고 버스 안을 난장판으로 만드는 39세의 여자, 그 분노의 원인은 무엇이며 장애조절 능력의 유무를 어떻게 판단해야 하는지, 왜 옛날에는 보기 힘들었던 일들이 심심찮게 나타나고 있는지, 국록을 먹으며 큰소리 탕탕 치는 위정자 나리들은 과연 솔선수범 국민들 앞에 감동 주는 선행을 통해 모범을 보여주는 일이 보기 드물게나마 있는지…?

일순의 환락과 자극만을 추구하며 사는 삶의 종말을 우리는 보고 있다. 경고만으로 끝나서는 안 될 위험수위가 눈앞에서 아른거린다. 권력에 환장하고 돈에 미쳐 돌아가는 시대의 종말은 처참하다는 예시가 보이고 있는 것이다.

15

김범수 회장의
통 큰 기부

사회 저변에 깔려 있는 가치 질서의 붕괴는 그 원인이 무엇인가.

합리와 정의가 사라진 인간의 가없는 욕심 때문이다. 배고픔을 견디지 못한 사람이 한 조각의 빵을 훔쳐 달아나는 것을 보면서도 혀를 채는 사람이 있는가 하면 오죽하면 그랬겠냐고 지원금을 송금하는 사람도 있는 것이 사회지만 대한민국의 현재는 불안하고 위태롭다고 필자는 진단한다.

정인이의 살해에 이어 10살 먹은 조카를 살해한 이모부 부부에 이어 2살짜리 딸을 방에 놔두고 이사를 간 후 딸을 죽음에 이르게 한 어머니. 생후 2주 된 아이를 우유를 토한다는 이유로 폭행으로 숨지게 한 20대 부부의 이야기가 더 이상 회자되지 않는 사회가 만들어져야 한다.

10억 원을 준다면 범죄 현장에 들어가 범행하고 감옥에 가도 좋다는 중학생이 86%였다는 통계가 우리를 슬프게 한다. 더욱 아연케 하는 것은 이에 대한 대안을 제시하기는커녕 대안이 없다는 것이다.

정치현장에서 벌어지고 있는 위선과 거짓말은 차세대의 청소년들에게 어떤 영향을 주느냐, 고민하는 사람이거나 위정자가 눈에 보이지 않는다. 모골이 송연하다.

헌데 Kakao의 김범수 회장께서 내가 모은 재산의 1/2 정도를 사회에 환원하겠다는 의사를 내보였다는 것은 속을 확 트이게 하는 오랜만의 시원한 뉴스다. 1/10도 아니고 1/3도 아닌 1/2이라는 통 큰 결정에서 놀랐고, 그 금액이 물경 5조 원이라는 천문학적 금액이라서 또 한 번 놀랐다.

국민의당 안철수 대표가 1500억 원대 재산을 사회에 환원한 것을 기억하지만 그 후에 조 단위의 재산을 사회에 환원한다는 것은 건국 이래 처음이다. 정치적 이해를 논하기에 앞서 기부자의 뜻에 따라서 단말마처럼 얽혀진 내로남불의 사회현상에서 나들이 간 윤리적 덕목을 바로 세우고 도덕적 해저드에서 헤엄쳐 나오게 하는 방법을 찾아내야 한다.

코로나 정국에서 국고를 절단 내어 재난지원금을 지급한다는 것도 일시적 처방이다. 빈익빈 부익부의 골은 더욱 깊어지고 계층 간의 갈등은 증폭되어 가고 있다. 만시지탄의 감은 있지만 인성교육을 위한 거국적인 투자행위가 이루어졌으면 한다. 가정에서, 사회에서 이루어지고 있는 인명경시 사상, 가족 간의 위화감과 재산 싸움, 그 원인은 돈이고, 돈은 무소불위의 힘을 지닌 까닭으로 권력을 탐한다. 돈과 권력의 유착관계로 사회는 더 음습하고 사악해진다.

입으로 정의를 외치고 평등을 주장하며 인권을 강조하는 자들의 민낯을 보라. 그들의 이중 얼굴을 닮아가고 있는 청소년들, 청소년들의 오염을 막고 인간성 회복의 길을 마련할 수 있는 통 큰 기부가 되기를 기원해 본다.

16

나는 바담풍 해도
너는 바람풍 해라

필자의 어린 시절 몽테스키외의 삼권분립 이론은 민주주의를 수호하는 수호신의 이론쯤으로 생각해 왔다. 제왕적 대통령제의 폐해와 함께 문재인 정권하의 죽창부대는 무소불위의 칼을 휘두른다.

행정부의 수반인 대통령의 사상성이 자유민주주의를 추구하는 국민들에게 위협이 되고 있다. 차제에 숫자를 내세워 독재에 가까운 독주로 국민들을 아연하게 하고 있다. 이에 사법부의 판사들이 현정권의 입맛에 맞지 않는 불리한 재판을 하고 있음에 결국 사법부 길들이기에 나선 것이 부산 고법원의 임성근 부장판사의 탄핵이다. 그 과정이 기가 막히다.

작년 김명수 대법원장에게 건강상 이유로 사표를 제출할 때 이를 거절하고 현정권에게 제물로 바쳐 탄핵에 이르게 한 전무후무한 새로운 탄핵역사를 창조했다. 삼권분립의 정치 시스템에서 사법부의 독립은 민주주의의 존재와 가장 중요한 견제와 균형의 키워드이다.

조국 법무부 장관과 추미애 장관의 사법부 장악시도가 실패하자 문재인 정권의 주구들이 사법부 길들이기에 나섰다. 이를 사법부의 수장 김명수가 총대를 멘 것이다. 1년 전 임성근 판사의 사표 제출을 거절한 이유가 그를 제물로 바치기 위하였다면 길을 가던 개도 웃을 일인데 그는 서슴지 않고 사법부의 후배 임성근 판사를 탄핵의 제물로 바친 것이다.

얼마나 믿음이 없으면 상급자인 김명수 대법원장의 말을 녹취했을까? 거짓말로 사건을 호도하는 김명수의 잘못은 거론조차 않고 녹취 사실만으로 임성근 부장판사의 도덕성을 문제 삼는 자들의 얼굴들을 보노라면 입맛도 가시고 화도 난다.

'나는 바담풍 해도 너는 바람풍 해라.' 조국 법무부 장관이거나 추미애 장관의 후안무치한 모습과 삼권분립의 축인 김명수 대법원장의 처신이 대한민국 사법부의 민낯이라면 국민으로서 얼굴을 들지 못하겠는데 정작 본인은 파렴치한이 되어 자리를 내려오거나 내려올 생각을 전혀 하지 못하고 정권의 비위 맞추기에 급급하다니….

김종인 비대위원장 왈, 네 양심이 증거라는 철학적 사변을 갖게 하는 표현에 말귀조차 못 알아먹는 사람이 왜 그리 그 자리에 집착하는지? 그것이 권력의 속성이라면 권력에 빌붙어 사는 여·야를 막론한 정례기는 기레기보다, 쓰레기보다 더 독소가 강한 정치 쓰레기들이다.

먼저 바람풍해라. 자신들의 치부를 보지 못하면서 누구를 단죄하겠다고 과잉 충성자들 치고 쓰레기 아닌 사람이 별로 없는데 과잉 충성자들의 헛소리에 휘말려 볼 것을 보지 못하고 들을 것을 제대로 듣지 못하니 입에서는 헛소리 나오고 헛소리는 국민들 가슴에 못을 박는다.

17

우화(寓話), 원숭이가 인간에게 보낸 일침

김호식 목사님의 에세이집에서 읽은 이야기다.

내용인즉 야자수 위에 앉은 세 마리의 원숭이가 각자 이야기를 통해 인간에게 던진 인간비하의 발언이다.

너희들도 엉터리없는 소문을 들은 일이 있니? 아마 그것은 어느 싱거운 녀석이 퍼뜨린 낭설일 거야. 도무지 얼토당토않은 말이야. 그 나쁜 인간들이 우리 고상한 원숭이의 후손이라고 한다면서? 그야말로 거룩한 원숭이들에게는 치욕스러운 모욕이야. 우리가 언제 사창이나 공창을 인정하거나 조장한 일이 있니? 부부간에 이혼하고 어린 것들을 고아로 만들고 아내를 때려 쫓아 버린 일이 있는가? 우리 원숭이 사회에 어린 것들과 남편을 남겨놓고 도망가는 일이 있었는가? 어느 것의 새끼인지 알 수 없게 고아원으로 거리로 어린 것들을 내버리고 제 갈 데로 가는 것을 본 일이 있는가? 우리가 울타리를 둘러치고 야자수가 마르고 열매가 다 떨어져 썩게 하면서 다른 원숭이는 얼씬 못하게 한 사실이 있는가? 야자열매가 생긴 이래로 원숭이는 빛깔이 하얗고 검고 누런 것을 분간하지 아니하고, 그 열매를 다 고르게 공평하게 나누었지 차별한 일이 있는가? 원숭이들이 상상도 할 수 없는 일은 캄캄한 밤에 남의 담장을 넘어 다니고 칼과 몽둥이로 남의 생명을 빼앗고 재물을 약탈한 일이 있었나? 인간이란 원숭이의 후손이 절대 아니야. 저주받은 족속임에 틀림없어. 나는 여기에 다음과 같은 말을 덧붙이고 싶어! 우리 원숭이가 언제 세 딸과 더불어 자살을 했으며, 언제 부모에게 꾸지람 듣고 프로판가스를 터뜨리고, 언제 기르던 강아지가 죽었다고 자살한 적이 있나? 그리고 보면 인간이야말로 온 천하를 주고도 바꿀 수 없는 귀중한 목숨의 가치를 모르는 족속이야. 우리 원숭이가 언제 초등학교 화장실에 들어가서 아이에게 폭행을 했으며, 엘리베이터 안에서 어린이에게 폭행하고 만화방에서 음란 비디오를 중학생에게 보인 다음 옆방에서 매음하게 하고 돈을 받아 챙겼어? 그래서 성경에 간음하지 말라는 성구가 그렇게 많은가 봐. 우리가 볼 때 인간이야말로 개보다 못해!

야! 말조심해 개가 들으면 깜짝 놀라겠다. 우리가 언제 이런 사람들처럼 치사했냐고?

그들의 회의는 여기까지다.

필자가 원숭이의 회의에 참석했다면 여기에 몇 가지 더 얹어야 할 것 같다. 양어머니가 16개월 된 딸 정인이를 때려죽이는 사태, 제자가 스승을 폭행하여 코뼈를 부러뜨리는 짓, 도처에 범람하는 보이스피싱, 보험사기, 금융사기, 재산싸움 때문에 칼부림을 마다하지 않는 패륜아들, 고리대금업자들의 횡포….

자신들은 인간의 조상이 절대로 아니라고 도리질할 만하다는 생각에 한없는 부끄러움으로 얼굴을 쳐들을 수 없다. 자괴감에 얼굴이 붉어진다. 누가 유인원이 우리들의 선조라고 말했는지? 그 사람은 원숭이들에게 뭇매로 다스려져야 할 것 같다.

　스스로를 만물의 영장이라고 자칭하는 인간, 존재하는 생물 중 가장 우수한 직립 동물, 인간사회가 입으로는 정의와 공평과 합리를 주창하며 양두구육의 두 얼굴을 가진 범죄집단으로 전락하여 원숭이들의 조롱거리가 되어버린 현실, 특히 개도국의 왕자, 성장의 세계적 우상이 되어 있는 대한민국.

　원숭이들의 숙연한 고민을 공유해야 할 때가 온 것이다. 화라고 치부하기에는 너무나 절감되는 현실이다.

18

편견(偏見)과
오만(傲慢)

　새해 벽두부터 살아온 날의 잣대를 거두고 시대가 요구하는 행동수칙이나 습관을 몸에 익혀야 한다. 우리는 자의든 타의든 집콕이나 방콕을 통하여 두문불출을 강요받고 있다. 집콕이나 방콕은 어문학 사전에 등재된 낱말인지는 몰라도 신세대 용어다.

　사회적 거리두기가 새해의 화두가 되었다. 집에 박혀 있는 것, 방구석에 처박혀 사람과 사람 사이에 호흡이 마주하는 것을 금기로 하는 것을 강요받고 있다.

　자발적 강요를 강조하지만 그 의미의 행간에는 모두가 코로나19라는 바이러스에 감염되었거나 감염될 수 있다는 전제 아래 준범죄인 취급을 받고 있다고도 해석된다.

　필자의 경우 문밖 출입에 나섰다가 감전된 듯 깜짝 놀라 집으로 다시 돌아와 마스크를 쓰고 나가든가, 가까운 마스크 파는 상점에 들러 마스크를 사서 써야 하는 경우가 자주 반복된다.

세상이 달라진 것이다. 지구권이 당면한 달라진 모습이기도 하다. 가족 간의 신뢰가 무너질 수도 있고, 사람과 사람 사이의 우정이나 믿음도 금이 갈 수 있다.

대안은 무엇인가? 코로나 퇴치만이 가장 확실한 대안이다. 코로나 퇴치가 이루어진 이후에 가동 중이던 마스크 공장은 문을 닫아야 하고 언택트라는 이름으로 이루어진 비대면 콘텐츠를 통하여 무르익은 문화는 원점에서 재고되어야 하는 것 아닌가. 필자의 경우만 봐도 안 하던 마스크 문화에 쉽게 길들여지기 매우 힘이 든다.

세상은 한 치 앞도 예상하기 힘들지만 끝없는 도전의 연속이다. 인간의 가장 중요 덕목은 그 도전 앞에서 어제를 성찰하고 당당하게 임하여야 하고 온갖 방법으로 임전해서 극복의 결과를 도출해야 한다.

우리는 그 극복을 인간승리라고 예찬한다. 이 극복의 과정에서 가장 힘든 것이 편견의 고리다. 그 고리를 끊지 않으면 과정은 길어지고 고통 또한 배가한다. 특히 사람에 대하여 편견에 사로잡히면 관계 회복의 기간이나 고통도 길어질 수밖에 없고, 그 늪에서 탈출이 불가하면 아예 관계 회복은 영원히 물 건너갈 수도 있다.

특히 고학력자나 사회적 저명인사일수록 학습된 편견으로 인하여 그 늪에서 헤어 나오기를 거부하는 성향이 강하다. 사람들은 이를 보고 오만이라고 손가락질을 하기도 한다.

추미애 장관 후임으로 내정되었다는 3선 국회의원, 새로운 법무부 장관 박모 3선 의원이 지난해 국감장에서 사법연수원 동기라고는 하나 대학도 나이도 위인 선배 윤석열 검찰총장을 닦달하는 모습을 보고 저 양반이 왜 저럴까. 한때는 '형! 형!' 하던 사람이….

필자는 함께 모니터링하던 친구들에게 웃으며 말했다.

권력은 무상한 것이기는 하지만 매력적인 것이야. 저 양반 법무부 장관에 오르는 수순이야.

저 양반 정권이 바뀌고 윤석열 총장이 높은 자리에 오르면 '형! 형!' 하면서 발 빠르게 관계 회복에 나설 거니까.

충청정신은 한 번 형이면 영원한 형인데…. 권력의 칼은 부자지간의 천륜도 끊어내는 무자비한 것, 이래서 정치란 한 번 해 보고도 싶고 영원히 담을 쌓고 싶기도 한 것이야. 오래 살아 보자고, 편견과 오만에서 자유스러운 날들이 올지 알아?

19

송구영신

– 작두날 위를 걷다

    최근 종편 TV에서 방영해 준 피겨 스케이터가 신내림을 받아 무당이 되어 신굿을 하는 장면을 보았다. 23세의 젊은 무당은 신아버지라고 부르는 선임 무당으로부터 작두날을 받고 맨발로 작두를 타는 모습을 적나라하게 보여주었다.

    작두날 위에 서서 맨발을 움직여야 하는 무당은 무엇을 믿고 작두날 위에 오르기를 결심하였는지, 작두날 위에 오르게 하는 것까지 신의 힘이 작용했는지는 본인도 내레이터도 설명이 없었다. 혹여 마술이나 눈속임 같은 사술이 숨어 있었는지도 모를 일이지만 맨발에 상처가 없었다는 것만을 다행이라는 생각으로 시청을 마쳤다.

    2020년의 메인 화두는 코로나19와 추미애 장관과 윤석열 검찰총장이었다. 코로나는 일종의 돌림병이었다. 과거 역병이라는 이름으로 걸리면 죽어야 했던 호열자나 장질부사, 일본 사람들이 제일 무서워했던 흑

사병, 이질 같은 것들이 있었으나 이미 지나간 것들이다. 코로나 또한 백신 개발로 팬데믹의 공포로부터 벗어날 기대를 갖게 되었고, 이 또한 지나갈 것이다.

허나 대한민국을 송두리째 달구게 했던 추(秋)－윤(尹) 갈등의 앙금은 해를 넘기면서도 정치적 이슈인 검찰개혁이라는 미명 아래 계속될 조짐을 보이고 있다. 검경갈등, 검찰과 공수처의 샅바싸움, 여와 야의 입싸움, 남과 북의 이해타산….

필자는 여야를 가리지 않고 쓴소리를 계속 해 왔다. 정부 여당의 실정과 실책의 반복으로 얻어지는 야당의 정치적 득은 국민이 입는 대미지의 크기와 비례한다는 것을 역설해 왔고, 자신들의 역할이란 입만 있다는 사실을 잊어버렸는지 잃어버렸는지도 모르고 있다고 역설해 왔다.

국정을 책임지고 있는 정부 여당에게도 필자의 쓴소리는 지난 1년간 본지를 통하여 심심치 않을 만큼 계속해 왔다. 역사의식을 상실한 집단은 망한다. 독주는 독재다. 정치는 견제와 균형이다. 지금의 독주를 통하여 만들어진 일방적 룰과 게임이 정권이 바뀌었을 때 부메랑이 되어 당신들이 적폐청산이라는 이름으로 저지른 부관참시 같은 행위들의 피해자로 되물림될 것이다.

힘으로 막고 법으로 막은 국민의 입들이 봇물처럼 터져 나올 때 지금의 극렬 지지자들에게 가해질 보복도 두려워해야 한다. 이것이 역사다 등…. 작두 위를 걸어야 하는 젊은 무녀(巫女)처럼 위태위태하게 지내온 2020년, 이제 송구영신(送舊迎新)의 문턱에 섰다. 국민은 안정을 희구한다. 구경하는 구경꾼도 작두 위를 걷는 무녀를 보는 심정에서 벗어나 상식이 통하고 법치가 바로 서는 나라, 내로남불로 인하여 상대적 박탈감과 공의가 사라진 세상이 바로 잡히는 새해가 되기를 빈다.

20

빛은
꺾이지 않는다

　명백한 사실조차 부정하고 '내로남불'을 쏟아내며 욕설과 저주로 증오만을 키우고 있다. 이성은 없고 극단의 감정만 있다. 사실은 무시되고 조롱받으며, 주장과 선동만이 힘을 얻는다. 과거에 대한 고찰, 현재의 성찰, 미래에의 통찰은 설 자리를 잃었다. 극도로 분노하는 이들이 생기고, 동시에 극도로 좌절하는 사람도 생긴다. 이렇게 상대를 쓸어버리겠다는 극단의 적대정치가 힘을 얻는 한 이 땅에 킬링필드를 재현하는 것 외에는 해결 방법이 없다.

　위 글은 11월 9일 KBS의 황상무 앵커가 KBS에게 남긴 유언 같은 글이다.

　인간이 세상에 태어나서 가장 확실한 것은 누구도 죽는다는 것이다. 역설적으로 말하면 우리는 죽기 위해서 태어났고, 죽기 위해서 살고 있는 것인지도 모른다. 비겁하게 사느니 분투 중에 쓰러짐을 택한 사람들은 역사에 이름을 남긴다.

목전의 이익에 정권의 주구가 되어 킬링필드의 죽창을 들고 설치는 사람들이 국민의 혈세로 운영되는 공영방송의 칼잡이 세력이 되어 국민을 2분법적 잣대로 농단하고 진실은 은폐하고 사실을 호도하며 세 치 혀끝으로 나라의 미래를 정권에 위탁하려 한다는 일이 어제오늘의 일은 아니다.

정권이 바뀌면 이들의 향배는 어느 방향으로 튈지 불을 보는 것처럼 환하다. 심지어 길들여진 댓글 부대들은 유언처럼 남긴 그를 정치를 위하여, 정치적 토대를 마련하려는 쇼로 폄훼한다.

이것이 공영방송 KBS의 대내외적 현실이라면 우리는 수신료를 내야 할 하등의 이유가 없다. 죽어야 할 이유가 없는데, 내가 낸 돈으로 독약을 사서 마시는 꼴인데 1/2의 국민이 울며 겨자 먹기 식으로 어정쩡하게 노예상태로 매달려 있다.

'시일야방성대곡(是日也放聲大哭)'이라는 통곡문을 써서 당시 황성신문(1905년 11월 20일)에 을사늑약의 부당성을 비판하는 논설문을 게재하고 붓을 꺾었던 장지연 선생이 생각난다. 일제는 혹독한 시련을 안겨주었고, 신문은 90일 동안 정간되었다. 개돼지만도 못하다는 당시의 위정자들을 향한 그의 독립정신을 요즈음의 대한민국 위정자들은 뭐라고 표현할까? 이 또한 선택된 정신이라고 웃어넘길까?

요즈음 국민들은 매일 목 놓아 울고 있는데 저들은 보고 싶은 것만 보고, 듣고 싶은 이야기만 듣고, 하고 싶은 말만 내뱉고 있다.

황상무 앵커, 장지연 선생이 오버랩된다. 제2의 황상무, 제3의 황상무가 지속적으로 나온다면 내가 내는 수신료가 이렇게 아깝지는 않을 것 같다. 열흘 붉은 꽃 없고 단절의 역사는 없다. 빛은 꺾이지 않는다.

21

말과 글은
품격이다

신축년 새해가 커다란 기지개를 켰다. 새해 벽두에 입에 담을 수 없고 글로 표현할 수조차 없는 참담한 문자를 받고 아연했다. 그를 반면교사로 삼고 말의 중요성에 대해 스스로 경고한다.

'명심보감(明心寶鑑)'은 고려 충렬왕 때 추적(秋適)이라는 학자가 편찬한 책으로 작금에도 마음을 맑게 하는 시금석이 되고 있다.

언어편(言語篇)에서, "이인지언(利人之言)은 난여면서(煖如綿絮)하고, 상인지언(傷人之語)은 이여형극(利如荊棘)하야, 일언반구(一言半句)에 중치천금(重値千金)이요, 일어상인(一語傷人)에 통여도할(痛如刀割)이니라"라고 전하고 있다.

우리말로 풀면, "사람을 이롭게 하는 말은 솜처럼 따뜻하고, 사람을 해치는 말은 가시처럼 날카로우니, 사람을 이롭게 하는 한 마디 말은 그 중한 값이 천금이나 되고, 사람을 해치는 한 마디 말은 칼로 베는 것같이 아프다"라는 뜻이다.

흔히 누군가 하는 언어를 통해 그 사람의 됨됨이를 어느 정도 알 수 있다고 했다. 언젠가 수업시간에 만났던 교수님께서는 어떤 사람하고 대화를 해 보면 그 사람의 직업과 인격을 짐작할 수 있다고 하셨다.

그때 필자는 강의를 들으면서 교수님께서 하신 말씀에 대해 속으로 이의를 제기했었다. 한 시대를 거룩하게 살았을 사람을 짧은 시간 대화를 통하여 판단할 수 있다는 말씀에 상처가 되었던 적이 있었다.

지금은 백배 동감이다. 몇 시간의 대화조차 필요치 않다고 여긴다. 그가 한 말과 글에 고스란히 자신을 담고 있다는 것이 명백하다는 것을 알았다.

우리가 하는 말은 우리의 품격(品格)이라고 말하고 싶다. 우리가 쓰는 글도 우리의 품격이라고 역설하고 싶다. 한문 품(品)자를 보면 입구(口)자 글자가 쌓이고 쌓여서 이루어졌다. 우리가 하는 말이 쌓이고 쌓여 우리의 품성(品性)을 이루게 된다.

우리가 뱉은 말이 쌓여서 우리의 품격(品格)을 나타낸다. 우리가 하는 말은 말하는 사람의 마음을 담아서 사람과 사람 사이 연결해 주는 다리와 같은 역할을 하기에 심사숙고해야 한다.

독서를 통하여 언어가 귀소본능을 가지고 있다는 것을 깨달았다. 비천한 언어를 입에 담아 누군가에게 쏘아대는 순간 그 언어는 죽지 않고 영원히 살게 된다는 것이다. 자신의 입술과 너덜너덜한 혀를 통하여 쏟아낸 그 말은 밖으로 향하는 동시에 안으로도 작용한다는 것이다.

본인의 쏟아낸 언어는 그냥 흩어지지 않고 돌고 돌아서 말을 뱉은 사람의 귀와 마음으로 돌아온다고 했다. 처음에 쏘아낼 때보다 더 예리하고 날카롭게 다듬어져서 말을 뱉은 자신에게 되돌아온다는 글을 읽었을 때 두렵기조차 했다.

사람을 이롭게 하는 솜처럼 따뜻한 말을 하면서 살아도 모자라는 삶의 여정이 아닐까. 길을 걷다가 무심코 뱉은 한 마디 말이 꽃잎 위에 앉을지도 모른다. 누군가에게 한 말 한 마디가 누군가의 꿈이 되고 평생을 좌우명으로 삼게 될지도 모른다. 혀를 깨물어 피를 토할지언정 타인을 해치는 가시 같은 날카로운 말을 하지 않으리라 다짐한다.

우리가 하는 말이 우리의 품격이다. 우리가 쓰는 글 또한 우리의 품격이다. 하여, 필자는 날마다 살얼음판을 걷는다.

편집을 마치고

　스승님의 글을 대하면서 미력한 제자는 감히 스승을 해부했던 허준과
비견해 보았습니다.
　사람의 위는 목구멍으로부터 한 자 여섯 치를 내려가면 심창골과 배
꼽 중간에 각 네 치에 뻗쳐 있으며, 위의 길이는 한 자 여섯 치며, 꾸불
꾸불한 것을 모두 펼치면 두 자 여섯 치이고, 크기는 한 자 다섯 치라고
허준은 눈물로 고백했습니다.
　반위(위암)를 치료하는 허준에게 위를 어떻게 아느냐고 야유하는 사
람들을 향해 스승의 뜻에 따라 스승의 몸을 해부했다고 말하면서 허준
은 오열했습니다.
　칼럼집《빛은 꺾이지 않는다》출판을 위해 미력한 제자에게 편집을
하명하신 스승님 뜻을 감히 떨면서 받듭니다. 제자는 스승님의 글을 글
자의 획 하나, 점 하나 훼손 없이 무릎 꿇고 떨리는 손길로 해부하면서
호흡조차 멈추어 버렸습니다.
　다산 정약용 선생은 유배지에서 지방의 행정 책임자들이 백성을 다스
리는 지침서《목민심서(牧民心書)》를 씁니다.
　목민(牧民)은 백성을 가까이서 다스린다는 의미로서 수령을 목민관이

라 일컬었습니다. 심서(心書)는 마음을 다스리는 글이라는 뜻입니다. 저 서에서 목민할 마음만 있을 뿐, 유배된 몸이라 몸소 실행할 수 없다는 뜻으로 붙인 이름이 '목민심서(牧民心書)' 입니다.

스승님 칼럼이 이 시대의 목민심서입니다.

사람이 사람이기를 거절한 위태위태한 단애의 끝에서 효와 인성을 부르짖고 있는 스승님!

국민의 뜻을 내팽개치고 내로남불의 덫에 갇혀 있는 위정자들을 향하여 방성대곡하는 스승님!

피를 토하는 스승님의 절규를 외면하는 현실이 스승님을 묶어둔 유배지가 아니겠습니까?

미력한 제자는 스승님의 은혜에 보답할 길이 없어 오열합니다.

스승님 글을 퍼 나르는 수고를 멈추지 않겠습니다.

2022년 사랑과 감사의 계절에

편집실에서 影園 김 인 희

빛은 꺾이지 않는다

．

지은이 / 최기복
발행인 / 김영란
발행처 / **한누리미디어**
디자인 / 지선숙

．

08303, 서울시 구로구 구로중앙로18길 40, 2층(구로동)
전화 / (02)379-4514, 379-4519
Fax / (02)379-4516
E-mail/hannury2003@daum.net

．

신고번호 / 제 25100-2016-000025호
신고연월일 / 2016. 4. 11
등록일 / 1993. 11. 4

．

초판발행일 / 2022년 7월 20일

．

ⓒ 2022 최기복 Printed in KOREA

．

값 20,000원

．

※잘못된 책은 바꿔드립니다.
※저자와의 협약으로 인지는 생략합니다.
※이 책은 천안문화재단 2022문화예술창작지원금을 받아 제작되었습니다.
ISBN 978-89-7969-854-1 03810